PEQUENOS OBJETOS MÁGICOS

FÁBIO YABU

ILUSTRAÇÃO **VERIDIANA SCARPELLI**

CB060437

Editora Melhoramentos

Dados Internacionais de Catalogação na Publicação (CIP)
(Câmara Brasileira do Livro, SP, Brasil)

Yabu, Fabio
 Pequenos objetos mágicos / Fabio Yabu. – São Paulo, SP: Editora Melhoramentos, 2023.

 ISBN 978-65-5539-559-4

 1. Contos - Literatura infantojuvenil 2. Mistérios - Literatura infantojuvenil I. Título.

23-158689 CDD-028.5

Índices para catálogo sistemático:
1. Contos: Literatura infantil 028.5
2. Contos: Literatura infantojuvenil 028.5

Tábata Alves da Silva – Bibliotecária – CRB-8/9253

Texto de ©2023 Fabio Yabu
Ilustrações de ©2023 Veridiana Scarpelli
Projeto gráfico e diagramação: doroteia design
Preparação de texto: Bel Ferrazolli
Revisão: Amanda Tiemi Nakazato e Lui Navarro

Direitos de publicação:
© 2023 Editora Melhoramentos Ltda.
Todos os direitos reservados.

1.ª edição, agosto de 2023
ISBN: 978-65-5539-559-4

Atendimento ao consumidor:
Caixa Postal 169 • CEP 01031-970
São Paulo • SP • Brasil
Tel.: (11) 3874.0880
www.editoramelhoramentos.com.br
sac@melhoramentos.com.br

Siga a Editora Melhoramentos nas redes sociais:
🅵 🅾 /editoramelhoramentos

Impresso no Brasil

Pra você, pai.

INTRODUÇÃO

Stephen King, um dos meus autores favoritos, disse em *Sobre a escrita: a arte em memórias* que letras juntas formam palavras. Palavras juntas formam frases. E frases juntas às vezes começam a respirar. Este livro surgiu assim, juntando letras, palavras e frases e, quando me dei conta, ele estava respirando sozinho. Quase tenho vergonha de dizer que ele é meu: boa parte dos contos se escreveu sozinha, com os personagens falando por mim e fluindo pelos meus dedos. Definitivamente o livro escrito não foi o que planejei, e não o terminei sendo a mesma pessoa que o começou. Espero que se divirta e se surpreenda com este bichinho que ganhou vida, me acolheu e cuidou de mim nos momentos em que mais precisei. São contos. São objetos mágicos. São confissões. São partes vivas de mim.

12 Palavras flutuantes em um lugar sem paredes

Neil Gaiman, outro dos meus autores favoritos, também concorda que histórias são coisas vivas. Seus sonhos me infectaram ainda adolescente, quando eu pegava exemplares de *Sandman* emprestados com amigos e via até aonde os quadrinhos poderiam chegar, um limiar que não foi superado até hoje. Esse conto é a prova de que Gaiman estava certo. Não era um conto planejado, ele nasceu assim, de supetão, e mudou completamente a ideia do livro, que já estava quase no final quando resolvi me perguntar o que acontecia com as palavras que são apagadas. Existiria um céu – ou inferno – para elas? E, se as histórias têm vida, será que as frases, palavras e letras soltas também? E quanto aos acentos? E quanto às palavras que são escritas erradas? Assim surgiu o protagonista involuntário desta jornada. Não vou dizer muito, não quero estragar sua surpresa.

31 **Tugafrida** Esse eu escrevi para a minha filha, baseado na primeira experiência que ela teve com tintas, que tive a sorte de fotografar quando ela tinha menos de dois anos. Guardo a foto até hoje.

37 **Perseguição implacável** Outro texto que nasceu sozinho. Brotou do chão, feito água. Estava ali, o tempo todo, eu só cavei um pouco mais, afastei a terra, deixei fluir e, quando fui ver, estava tudo encharcado, transbordando de ideias e vida. Esse texto é um portal, uma carta de amor ao ofício, ao livro, ao meio, ao todo. E arrancou boas risadas da editora e de uma certa revisora, que eu sei.

Aliás, aqui vale um pequeno comentário: a protagonista desse texto é uma homenagem a toda uma categoria essencial de profissionais do livro, as revisoras e revisores. Mas não quis, em momento algum, reduzir ou caçoar dessa profissão tão nobre, e, sim, fazer uma caricatura propositadamente exagerada. Segundo a própria Bel, *"esse olhar de que nós, revisores, não toleramos 'erro', não é algo mais tão vigente, ainda que existam profissionais do meio acadêmico e literário que sejam exigentes quanto à norma-padrão e exerçam certo patrulhamento linguístico que hoje não faz mais sentido. Uma coisa é não deixar o texto sem clareza e com erros gramaticais, outra coisa é obedecer cegamente a gramática tradicional"*.

E Bel está coberta de razão. Seus comentários pontuais ajudaram muito a engrandecer essa história, e sempre lhe serei profundamente grato. A título de curiosidade, Bel não sabia que seria usada de inspiração para a personagem do livro, descobriu somente na hora de preparar o texto.

51 **Olhos tão grandes** Esse eu escrevi para minha avó, ao me lembrar das tardes em que eu passava na casa dela folheando seus velhos mangás.

57 **Procura-se Bel** E esse para Bel, Leila, Vivi, Bia, Alex, Fê, Mari e todo mundo que trabalha com essa coisa tão preciosa chamada livro.

61 **Como salvar o mundo usando uma caneta Bic** Sempre fui fascinado por canetas e pela escrita, sempre vi as canetas Bic como um triunfo da imaginação humana. Desde criança, eu ouvi as lendas sobre a caneta, sobre como esse objeto tão simples escondia tecnologia tão avançada que parece até alienígena. E me perguntei: e se for verdade?

71 **O girassol do Monsieur Lassimone** A vida – e os contos – são engraçados. Foi aqui que tudo surgiu. Eu estava no meu escritório, no meio de uma noite triste durante a pandemia. Minha filha, Luna, dormia no quarto ao lado, eu tinha saudades da minha família, dos meus pais, dos abraços, dos amigos, das pequenas coisas. Vi então uma raspinha de lápis abandonada na mesa. Olhei para ela e vi algo de belo ali. Perguntei-me qual seria sua história, quem teria apontado o primeiro lápis e descoberto assim uma das sensações mais deliciosas do mundo. Escrevi sobre um homem gentil, com um pé na realidade, outro na idealização. Escrevi sobre sua vida e sobre o caminho que ele seguiu depois dela, de cabeça erguida, sabendo que havia cumprido sua missão.
Meses depois, eu percebi que escrevi aquele texto para meu pai. Eiji Yabu, a pessoa mais generosa e abnegada que já conheci. Com seu jeito turrão e irremediavelmente teimoso, atravessou tormentas ao lado de minha amada mãe, Satsue.

Criou três filhos, eu, Teco, Érica, e pôde conhecer todos os cinco netos que o amavam: Luna, Sofia, Calvin, Benício, Laís. Certa vez, estávamos em Minas Gerais, onde ele tinha um pequeno rancho. Ele olhou para o horizonte exuberante, o céu de um azul avassalador, e no meio de tudo aquilo viu uma pequena estradinha de terra. E me disse: *"Quando eu morrer, não sei para onde vou. Só sei que vou por ali"*.

E eu sei que ele foi. Sinto muito sua falta, pai. Obrigado por me ensinar que a felicidade vive nas pequenas coisas, às vezes tão pequenas quanto uma raspa de lápis.

79 **A trilha** Tudo o que a gente faz deixa um rastro, uma trilha. Um ato de bondade, de generosidade, um abraço, um obrigado. Podem parecer ações pequenas, mas que têm repercussões com as quais sequer podemos sonhar. Quando se é um professor então, tudo ganha uma outra dimensão. Eu sei disso, porque meus pais eram professores.

85 **Fatos estimados sobre a criação do marca-texto** Um texto chato, técnico, insuportável. Ideal para esconder uma mensagem secreta para amigos preocupados.

91 **O décimo segundo gêmeo** Esse texto finalmente responde a um questionamento que me fiz a vida inteira: para que serve um lápis branco? Também gosto bastante do título.

99 **Fim** Quem disse que o fim precisa ser no fim?

109 **É o gato** Todo autor que eu amo tem pelo menos um conto sobre um gato. Poe, Gaiman, King, Lovecraft, Doyle, Scliar, Veríssimo. Essa é a minha tentativa, que flerta um pouco com o suspense, e achei que seria uma adição interessante ao livro. Não é inspirada em fatos, a não ser pelo fato de que adoro nomes longos para animais: tenho um gato chamado Capitão Von Trapp, e ai de quem abreviá-lo.

119 **O plano** Esse é mais um que praticamente se escreveu sozinho. E sozinho também me pede que eu não fale muito sobre ele.

125 **Meio-dia e quinze** História real: não faz muito tempo que minha filha olhou para o meu pulso e reparou que ali havia um relógio desenhado. Como sempre fazemos um com o outro, só trocamos um sorriso. Ela sabia que o papai estava aprontando, mesmo que eu não tivesse dito uma palavra. E agora ela vai saber o que era.

135 **Como escrever um conto** Como outros contos, essa é uma história disfarçada. Se quiser aprender a escrever um conto, há outros livros mais interessantes: eu recomendo o já citado *Sobre a escrita: a arte em memórias*, de Stephen King, e *Como funciona a ficção*, de James Wood. Para quem quer entender a estrutura de uma história em geral, *Story*, de Robert McKee, é um clássico. Mas infelizmente nenhum desses três conta o que é a palavra MAZAHS.

143 **A conspiração dos gansos** Me choca o quanto somos espertos para algumas coisas e completamente perdidos para outras. Como nos negamos a enxergar a verdade em troca de uma mera fantasia que satisfaça minimamente nossos caprichos, por mais delirantes que sejam. Assuntos como saúde, vacina, mudanças climáticas, amizades, família. A segunda palavra que mais ouvi durante a pandemia foi "negacionismo" (a primeira não vale a pena reproduzir), e percebo que o negacionismo não é exclusividade de quem discorda de nós. Às vezes, o negacionismo é uma posição confortável, e precisamos ficar alertas a isso. E não tem jeito melhor de dizer uma coisa do que criando uma fábula.

149 **Carinhoso** Seu coração vai bater feliz com esse conto, e você logo saberá o porquê.

159 **O criador de mundos** No momento em que descobri a inspiração para esse conto, comecei a pesquisar sobre seus personagens imediatamente. Histórias como essas me inspiram, porque são a prova de que existe magia no mundo. É só procurar.

165 **O menor conto do mundo** Amo contos com poucas palavras, incluindo aquele que é considerado o menor livro do mundo, de Hemingway, com apenas seis palavras: *For sale: Baby shoes, never worn.* [À venda: Sapatos de bebê, nunca usados]. É perturbador, é poderoso, é inesquecível. E é um livro com começo, meio e fim. Não me comparo à sua magnitude, mas resolvi contar uma história com a metade das palavras.

167 **O barqueiro** Achei apropriado terminar este livro com a história de um barqueiro e a última viagem que um dia todos faremos. É uma história que tem um leve terror, algo que também adoro escrever, mas não é, até onde entendo, algo assustador... demais. Àqueles que concluírem a jornada, prometo que ainda entregarei um final feliz.

Eu espero que se divirta muito com este livro. As histórias contidas nele foram todas escritas entre outubro de 2020 e maio de 2022, mas eu não quis, de maneira nenhuma, escrever sobre coisas tristes ou sobre a pandemia. Já tivemos tristeza demais nesses últimos anos, e, se eu puder ajudar a trazer alguns sorrisos a mais para o mundo, ficarei satisfeito. Sugiro que você as leia na ordem e, de preferência, ao lado de quem ama. Eu fiz isso algumas vezes e foi emocionante. E, se um dia desses você trombar comigo na padaria ou na fila de um supermercado, vou adorar saber o que achou.

Fábio Yabu, junho de 2022

Palavras

flutuantes

em um

lugar

sem

paredes

– ISSO SÓ PODE SER UM erro – eu disse, tentando manter a calma.

– É exatamente por isso que você está aqui – ela respondeu.

Olhei ao meu redor. Tudo era uma imensidão branca e contínua, sem fim. Eu não podia sentir o ar à minha volta, mas de algum lugar vinha um odor diferente, um perfume, levemente enjoativo, porém suportável. Um cheirinho de fruta.

As pessoas têm o hábito de usar "literalmente" para tudo. "Eu literalmente morri", dizem ao descrever como se sentiram quando viram uma barata voando pela janela da sala, ou quando o celular vibrou no bolso da calça enquanto assistiam a um filme de terror. Mas, como eu prezava pelas palavras, nunca iria dizer que tinha "literalmente morrido", ainda que houvesse dúvidas quanto à natureza daquele lugar.

– Onde é aqui? Eu estou... – comecei a pergunta à minha anfitriã, com medo de sua resposta.

– Não, você não morreu.

– Que bom!

– Não literalmente.

Ao menos ela me entendia. Aliviado, continuei sondando os arredores, quando vi, ao longe, algo que mais parecia um exame de vista. Era a imagem de algumas letras, desfocadas, balançando lentamente como se estivessem debaixo d'água. Achei que fosse um sinal ou uma placa, apurei o olhar e enfim descobri para o que estava olhando.

Eram apenas letras mesmo. Quatro. Pela distância, só consegui identificar as duas centrais, um "a" e um cê-cedilha. Como uma criança sendo alfabetizada, que de repente descobre um novo mundo ao conseguir ler placas nas ruas, logo notei que estava cercado por muitas outras letras, agrupadas em palavras, todas escritas a lápis, em letra bastão ou cursiva, algumas mais trêmulas, outras mais firmes. Palavras flutuantes em um lugar sem paredes. E o pior: tudo isso literalmente.

– O que acontece agora? – continuei.

– A mesma coisa que aconteceu ontem e que vai acontecer amanhã. Nada. Pode dar uma volta, se quiser. Tente se ambientar, quem sabe fazer alguns amigos, talvez você até encontre algum conhecido... Você não vai sair daqui tão cedo.

– Você é deus? – eu precisava perguntar.

Ela riu.

– Claro que não.

– Então é a morte?

– Eu não, credo!

– Quem é você, então?

Ela suspirou.

– Não costumo fazer isso, mas venha comigo. Vamos dar uma volta.

xxx

– O que é isso? – perguntei.

– Isso o quê?

– Esses três sinais que parecem xis.

– Ah, são separadores. Um separador é um sinal gráfico que serve para separar trechos ou parágrafos em um mesmo capítulo. Tipo uma pausa. Tem um pessoal que costuma chamar de "respiro".

xxx

– Você disse que houve um erro.

– Sim, e é por isso que está aqui.

– Que erro?

– Você. Você é o erro.

xxx

Sempre que eu fazia perguntas, ela conseguia responder daquela maneira direta e sincera, mas ao mesmo tempo vaga, que só conseguia me deixar ainda mais inseguro:

– Tem muita gente aqui?

– Eu não diria isso.

– Ao menos não estamos no inferno.

– Dizem que tem lugares piores.

Durante a caminhada, vi várias outras daquelas estranhas letras flutuantes que pareciam sem sentido.

– E essas letras, o que são?

– Sozinhas são só letras mesmo. Letras juntas são palavras. Palavras juntas são...

– Isso não está certo – interrompi.

– O que não está certo?

– Ali. Está escrito concelho. Com "c".

– Nossa. Verdade.

– E ali. Vazo. Com "z".

– Veja, você...

– A-há! Tacha – eu ri – com "ch".

Ela não riu da piada, e nenhuma conversa termina bem depois disso.

– Não acho certo rir de seus semelhantes.

Ao ouvir aquilo, balancei a cabeça enquanto meu sorriso se desfazia.

– O quê...? Você disse... semelhantes?

– Você ainda não percebeu, não é? Tome. Pegue este espelho.

Peguei o espelho.

Olhei.

Gritei.

E desmaiei.

xxx

Não sei exatamente o que estava esperando, mas nada poderia me preparar para o que vi. Achei que encontraria um rosto, que tocaria minha face com os dedos enquanto me virava, como em um filme em que o protagonista perde a memória e precisa lembrar de sua verdadeira identidade antes que uma bomba-relógio exploda toda a cidade à meia-noite, ou algo assim.

Mas não foi o que aconteceu. Não foi um rosto que eu vi. Eu não sabia quem eu era porque eu não tinha um rosto. Nem mesmo um corpo.

Eu não era uma pessoa.

— Agora você entendeu? — ela perguntou.

— O que eu sou?

— Calma. Respira fundo — ela disse.

Senti o cheirinho de fruta de novo e enfim percebi que vinha dela.

— Está preparado? Bem, não acho que esteja, mas lá vai... Você, meu caro, é uma palavra. Uma palavra que foi apagada.

— E quem diabos é você?

— E eu sou a borracha.

Fiquei sem palavras. Uma palavra sem palavras, quase uma poesia concreta.

— Mas fique calmo, está tudo bem agora.

xxx

— Pare com esses respiros, "separadores", sei lá! — me irritei.

— Ah, isso não sou eu. Eles aparecem no ar e não posso fazer nada. Acho que vão aparecer de novo agora... Não, não apareceram. Só essas reticências mesmo.

— Eu quero respostas!

— Claro. Pois bem: como eu disse, você é uma palavra. Mas foi escrita da maneira errada, como todos aqui.

– O quê...?

Voltei a olhar ao redor. Lembra da criança que começa a ler as placas? Eu já havia reparado nas palavras ali, com a grafia errada, só que olhando de perto também percebi que as letras juntas não formavam apenas palavras, mas sentidos, significados, emoções. Aquelas palavras tinham sentimentos e estavam me olhando desde que eu chegara ali.

Minha anfitriã finalmente tomou a iniciativa de me explicar alguma coisa:

– Funciona mais ou menos assim: por muitos e muitos anos, as pessoas usavam os mais variados instrumentos para escrever. Gravetos. Dedos. Carvão. Penas de ganso. Até que um dia alguém resolveu fazer uma espécie de sanduíche de madeira com um grafite dentro.

– É a descrição mais estranha que já vi de um lápis – pensei.

– Eu gostei. Enfim, tudo deu muito certo durante algum tempo. As pessoas estavam felizes da vida com seus lápis, quando outra invenção, superimportante, chegou.

– O apontador?

– Claro que não, bobinho. Eu. A borracha! Antes da minha chegada, em qualquer errinho, já era preciso rabiscar por cima ou então jogar a folha inteira no lixo. Graças a mim, as pessoas puderam finalmente apagar seus erros. Começar de novo. Correr riscos. Escrever sem medo de ter que jogar tudo fora. Era só me chamar que eu ia até o texto, me esfregava, e o erro desaparecia. E assim eu salvei cálculos, poesias, cartas de amor e testamentos. Até que um dia...

– O que houve?

– Bem, um dia eu estava saindo para o trabalho. Havia sido chamada para apagar uma coisa simples, um mero acento, como eu já havia feito milhares, talvez milhões de vezes. Mas, ao me aproximar do papel, eu ouvi uma voz bem baixinha dizendo "Por favor! Não me machuque!". Era o pobre do acento circunflexo. Ele havia acabado de nascer e estava com medo, mas eu não podia fazer nada. Eu precisava apagá-lo ou a palavra ficaria errada. E então eu tive uma ideia...

– Que ideia?!

– Você sabe, as palavras não surgem no ar, como muita gente pensa. Elas precisam vir de algum lugar: da dor, da inspiração, do amor, do luto. Então, seguindo a mesma lógica, ao serem apagadas, elas também deveriam ir para algum lugar, certo? Falei com algumas pessoas que conhecia, o pessoal da matemática é muito bom nisso, e eles me ajudaram a determinar um lugar que pudesse receber essas palavras apagadas... E aqui estamos.

– Você trouxe o acento circunflexo para cá?!

– Ele e todas as palavras que você vê flutuando por aí.

– Então este lugar...

– Eu o chamo de Limbo.

xxx

– Você trouxe essas coisas aí de cima também?

– Os "separadores", não. Todos os outros, sim. Vê, aquele ali, o Concelho? É um cara muito bom de se conversar. Passando ali atrás é o Asso. Descobriu que faz um pão divino. Tente fazer amizade com eles.

– Eu aposto que são boas pessoas, ou melhor, boas palavras, mas eu não pretendo ficar aqui por muito tempo.

– Olha, eu sei que não é perfeito, mas este lugar foi o melhor que consegui. Ninguém quer dar abrigo para uma palavra que foi escrita errada, ninguém aqui jamais vai ter a chance de estar em um livro, um artigo científico, uma história em quadrinhos, uma revista de fofocas ou uma bula de remédio. Todos vocês foram apagados, excluídos, deletados. Ao menos aqui vocês estão seguros.

– Você disse que eu sou diferente.

– Sim, tem algo em você.

– O quê?

– Calma, não vai se achando especial. Esse não é um daqueles textos sobre heroínas, sobre bruxos ou guerreiros escolhidos. Esse é um texto sobre um erro. Bem, não é fácil dizer isso, mas... eu nunca vi um erro como você. Pegue, tome o espelho de novo. O que você vê?

Finalmente me vi com clareza e não desmaiei.

EZITO

xxx

— "EZITO"?

— Eu também estranhei. Aliás, as aspas lhe caem bem — respondeu a Borracha.

— Eu nem sei o que isso quer dizer!

— Pois é. Não deu pra entender direito o que a pessoa que te escreveu quis dizer. Se era êxito, hesito, e sito, quesito... Tem várias possibilidades. Bem, nada disso importa mais. Você está aqui, e ninguém vai poder te apagar, Ezito.

— Esse é meu nome? Ezito?

— Ha! — a Borracha riu. — Rima com esquisito.

xxx

Levou um tempo até eu me recompor. Se foi difícil entender que eu era uma palavra, imagine então ser uma palavra que não quer dizer nada. Tentei me lembrar da minha vida antes de ser apagado, mas eu só tinha breves lapsos, como um sonho que se esvai ao acordar. Antes de nascer, uma palavra é um mundo de possibilidades. Não ajuda muito, eu sei. Mas era tudo de que eu lembrava.

xxx

O conceito de uma palavra caminhando por um limbo existencial pode parecer estranho para você, mas nem é tanto assim. Veja.

EZITO
Aqui sou eu, no começo de uma linha.

                                              EZITO
                            E aqui estou eu, instantes depois.

Quem lê não percebe que as palavras se movem o tempo todo. Elas entram e saem de mundos, transitam livremente entre eras, dimensões e sentimentos. Queime um livro e as palavras permanecem. Proíba uma língua e elas sobrevivem em gestos e códigos secretos. Palavras são coisas vivas, que servem para ensinar e fazer esquecer, para curar e abrir feridas que nunca mais fecham. Não é uma vida fácil, mas, quando se é uma palavra sem sentido como eu... não chega a ser difícil também.

Apenas é.

Sentei-me no que pensei ser a beira de um rio. O conceito de um rio, se é que me entende. Não havia água nem terra, então, que diferença fazia? Fiquei sentado um tempão, observando o fluir das letras que por ali passavam. Não vou mentir, eu senti uma tristeza meio monótona, que não subia nem descia, que me fez pensar se um dia, entre tantas letras e palavras perdidas, eu veria as três que poderiam acabar com tudo aquilo. F-I-M.

Sem nada melhor para fazer, eu esperei.

E esperei.

Por mais que eu esperasse, nada acontecia. O tempo não avançava, como se dez mil anos me separassem da próxima linha.

E dez mil anos depois eu ainda estava lá, esperando.

Foi quando ouvi uma voz:

– Oi.

xxx

– Hã, oi – disse para a palavra curtinha de quatro letras que se aproximava por trás.

– Esse lugar está ocupado?

– Hum, nenhum lugar está. Fique à vontade.

A palavra se sentou. Eu não queria ser rude, mas dava para ver por que ela havia sido apagada. Como não achava certo ficar reparando nos defeitos dos outros, olhei para o lado oposto.

– Eu já estava de saída mesmo.

– Ah, claro.

– Se bem que não tenho muito para onde ir.

– Esse é o problema deste lugar – disse meu novo amigo.

Veio o inevitável e constrangedor silêncio. Achei que os "separadores" iriam aparecer, mas percebi que não dava muito para prever quando eles surgiam.

– Está aqui há muito tempo? – perguntei.

– Sim, desde a página 13.

– Sério?

– Sim, eu vi você de longe. Também havia acabado de chegar.

– Putz, sinto muito – me compadeci.

– Eu também. Mas a Borracha disse que ao menos aqui...

– Estamos seguros. Você se lembra do que aconteceu antes? – perguntei.

– Sim, e faria parte de uma dessas frases motivacionais, sabe? Tipo placa de caminhão?

– Sei.

– Então. A frase onde eu viveria estava quase pronta: "Toda jornada começa com o primeiro pa...". Mas aí me escreveram com "ç" em vez de dois "s". Logo a Borracha veio, me apagou, e cá estou eu.

– Sinto muito, cara.

– Tudo bem. Acontece. Eu sou o Paço, por sinal.

– Muito prazer. Eu sou Ezito.

– Ezito?

– Rima com esquisito.

xxx

Paço acabou se mostrando uma boa companhia. Conversamos por algumas horas, ele precisava bastante de um ombro amigo porque, ao contrário de mim, que estava ali sem saber a razão, ele sabia exatamente à qual frase pertencia.

– Tudo o que eu queria era uma segunda chance, sabe? – ele disse, já aos prantos, pela quarta ou quinta vez. – Uma chance de fazer parte de algo maior, nem que fosse a placa de um caminhão, um palito de sorvete, um bilhete de um biscoito da sorte esquecido na gaveta de alguém. Mas acho que nenhum de nós aqui vai ter nada disso.

– Sinto muito, Paço.

– Se ao menos tivessem me colocado em outra frase...

Aquilo me chamou a atenção.

– Como assim?

– É. Sabe, se não tivessem escrito aquela coisa de jornada. Se a frase fosse diferente.

– Amigo, eu não quero ser rude, mas você continuaria errado do mesmo jeito.

– Na verdade, não. Eu só dei o azar de ser a palavra certa na frase errada. "Paço", com cê-cedilha, existe. Quer dizer palácio. Sabe, "paço municipal"? Muitas cidades têm.

Fiquei em choque.

– Não acredito – balbuciei.

– Têm, sim, é só procurar. Não é um termo muito usado hoje em dia, mas...

– Não, não é disso que estou falando! Paço... você está certo! Você... existe!

– E eu não sei? Estou aqui, bem na sua frente – disse ele, se balançando.

– Se você existe, não deveria estar aqui!

– Como assim?

– Paço, você não foi apagado porque foi escrito da forma errada, mas no lugar errado! Você mesmo disse isso!

– Eu sei, mas...

– Você não tinha que ser apagado e mandado para o Limbo! Você deveria ter ido para outro texto!

– Não sei se é assim que funciona. - Ele ainda não estava convencido, mas eu precisava tentar algo.

– Venha, nós temos um trabalho a fazer. Vamos falar com as outras palavras.

xxx

Passamos por outros rios conceituais, florestas imaginárias e montanhas hipotéticas. A cada palavra que eu encontrava, minha certeza se fortalecia. Eu pensei em um plano. E precisava da Borracha.

– Nós precisamos falar com você – eu disse.

– Oi, Ezito! Vejo que fez amizade com o Paço! – ela respondeu, na simpatia de sempre.

Eu não tinha tempo para ser simpático. Fui logo dizendo o que queria.

– Borracha, como eu lhe disse ao chegar neste lugar, eu acho que houve um erro. O Paço não deveria estar aqui. A grafia dele está correta.

– Como assim? – Borracha não parecia muito impressionada com a descoberta.

– Paço, com cê-cedilha, existe.

– Eu sei que existe. Quer dizer palácio. Sabe, "paço municipal"?

– Exato. Ou seja, ele não deveria ter sido apagado. Assim como aquele cara ali.

Borracha viu o Concelho passando.

– Eu também estou ciente que concelho com "c" existe. É o mesmo que município.

– Mas então por que ele, Paço, Asso e tantos outros foram apagados?

– Porque estavam no lugar errado, oras.

– Então, desapague-os, oras!

– Você sabia que "desapagar" é sinônimo de "apagar"?

– Jura? Não sabia. Enfim, então *desdesapague-os* e mande-os para o lugar certo!

– Eu não posso *desdesapagar* ninguém. Isso se chama escrever. Eu não sei se você reparou, mas eu sou uma borracha.

Nesse ponto ela tinha razão.

– Tem que haver um jeito de mandar o Paço de volta. De mandar todos nós de volta – disse.

– Eu sinto muito que estejam tristes, Paço e Ezito. Sei que neste lugar não tem muita coisa para fazer, mas acho que viver aqui é melhor do que deixar de existir. Vocês precisam entender que eu não criei as regras. Eu só as cumpro.

– Quem criou as regras?

– E eu sei lá!

– Com quem eu falo se quiser discutir sobre as regras?

– Ezito, não tem mais ninguém aqui. Só eu. E as palavras.

– Mas tem que haver alguém acima de você.

– Não tem.

Paço, que estava quieto até aquele momento, resolveu falar.

– Borracha... você falou com ele sobre a Bel?

– Bel? Quem é Bel?!

– Paço, por favor...

– Quem é Bel?!

Aquele nome não parecia pertencer àquele lugar, pois não soava exatamente como uma palavra. Soava como uma pessoa. E soava... familiar.

Borracha suspirou, e, pela primeira vez, eu senti sua voz tremer.

– Bel conhece todas as regras. Bel está em cima e Bel está embaixo. Ela sabe tudo o que foi e tudo o que será, como começa e como termina.

– Bel é uma deusa?

– Não. Bel é a revisora.

xxx

Borracha me contou sobre Bel. Ela era a responsável por conferir cada palavra, cada frase, cada ponto, cada separação de sílaba, cada espaço entre as palavras, absolutamente tudo em um texto. Os olhos de Bel eram tão treinados que não liam os textos palavra por palavra, mas sim letra por l-e-t-r-a, de frente para trás e até mesmo de trás para frente para se cerfiticar de que sua mente não lhe pregava nenhuma peça, como na palavra certificar, acima, em que o "f" e o "t" estão trocados.

– Todos tememos a Bel. Ela não admite erros – disse Borracha.

Palavras podem machucar demais.

– Eu não sou um erro! – resmunguei.

Borracha percebeu a gafe.

– Ezito, me desculpe. Eu sei que está frustrado e que não queria estar no Limbo. Mas era isso, ou ser apagado para sempre, algo que a Bel VAI fazer se o vir fora daqui. Quando ela apaga alguma coisa... não tem mais volta! É o fim.

Pensei por alguns instantes.

– Essa Bel. Você a conhece, Borracha?

Borracha se deteve.

– Pode-se dizer que sim. Mas isso foi há muito tempo. Quando ela precisava muito de mim. Hoje ela usa outro tipo de borracha.

– Pois eu preciso falar com ela.

– Impossível.

– Se ela é tão preocupada com erros, ela precisa saber que palavras corretas foram apagadas. Se souber disso, aposto que ela vai deixar que o Paço vá para a frase dele. Ele pode ter uma vida inteira lá fora, numa placa, num guia de ruas, na legenda de um filme, quem sabe num aplicativo! Não é justo que ele tenha que viver aqui no Limbo porque alguém o escreveu no lugar errado.

Foi a vez da Borracha se calar. Em tantos anos de vida, ela nunca havia passado por uma situação daquelas. Meu plano era suicida, mas até que fazia algum sentido. Exceto por um detalhe que ela logo apontou.

— Vamos supor que seu plano dê certo, Ezito. Que consiga falar com a Bel e ela mande Paço, Concelho e todo o resto para os seus devidos lugares: Paço, para uma placa, Concelho, para um mapa, Asso, para uma padaria, ou qualquer coisa assim. E o que vai acontecer com você? Esqueceu que Ezito não é nem mesmo uma palavra? Pra onde você acha que vai ser mandado? Pois não vai! Sabe por quê? Porque você vai ser trucidado! Deletado! Removido! Cancelado!

É, eu não havia pensado naquilo mesmo.

xxx

— Está tudo bem, Ezito – Paço tentou me animar. – Até que este lugar nem é tão ruim assim.

— Não está tudo bem, Paço. Tem que ter um jeito.

Borracha também se compadeceu.

— Ezito, eu sei que o Limbo não é perfeito. Mas desde que aquele primeiro acento circunflexo veio pra cá, eu…

— O que você disse? – uma ideia ascendeu em (e também acendeu a) minha mente.

— Que o Limbo não é o melhor lugar, mas ele é…

— Não! Sobre o acento! Onde ele está agora?

— No "quê".

— O acento circunflexo! Onde ele está? – insisti, percebendo que ela não havia entoado a interrogação que eu esperava.

— Eu respondi. Está bem aqui. No "quê".

Foi então que percebi que ele estava lá, bem ao lado dela. Me surpreendi com seu tamanho, porque o imaginava maior. Mas era o tamanho certo. Coloquei-o sobre mim.

— A-há!

Foi como imaginei.

ÊZITO

xxx

— Não sei exatamente o que está tentando, Ezito — disse Borracha.

— Eu também não estou entendendo — disse Paço.

— Se acha que por causa desse acento circunflexo você vai poder circular livremente por aí... — continuou Borracha.

— Calma, pessoal. Ainda estou acertando os detalhes finais.

xx

— Você pegou um X aí de cima? — Borracha ficou surpresa.

— Sim, depois eu devolvo tudo. Esticando um pouco... eu viro...
ÊXITO

— Uau — admirou-se Paço. — Nem parece a mesma palavra!

— Verdade, está muito diferente — Borracha deu o braço a torcer.

— Obrigado.

Meu novo visual chamou a atenção das outras palavras apagadas.

— Nossa, como você fez isso? — admirou-se Concelho.

— Impossível te reconhecer — exclamou Asso.

— Amigos, eu vou sair do Limbo, vou levar nossas reivindicações até a Bel. E farei tudo que estiver ao meu alcance para trazer uma segunda chance a todos nós!

— Sua coragem é admirável, Ezito — disse Borracha. — Mas é muito perigoso lá fora. Só determinação não será o suficiente para fazê--lo sobreviver.

— Mas eu tenho que tentar. Hum, alguém tem alguma dica?

— Na verdade, eu tenho um conselho — disse Concelho.

Foi muito bom ver meus novos amigos se movimentando para me ajudar.

— Mesmo que esteja disfarçado, Bel estará de olho. Então, seja discreto, procure abrigo no livro de alguém que não é lá muito famoso, que não vai chamar tanta atenção. Sei lá, de alguém que não seja conhecido o bastante para ser reconhecido na padaria ou na fila do supermercado, mas que, de vez em quando, tire selfies com leitores na livraria. Quando não puder se esconder entre as palavras, vá para as ilustrações. Se você conseguir passar por Bel e atravessar um livro inteiro... talvez tenhamos uma chance.

De repente, minha aventura parecia ainda maior.

– O que acontece se eu atravessar um livro inteiro?

Borracha completou:

– O final de um livro é algo além da própria compreensão. Literalmente. Quem chega ao final de um livro deixa de ser uma simples palavra, um simples texto, e se torna algo maior e mais poderoso.

– Se torna uma ideia – concluiu Concelho.

– E ideias vivem para sempre. Não precisam ser escritas e nem podem ser apagadas – disse Borracha.

– Então, se eu chegar ao final do livro, a Bel não vai poder me apagar. E vai ser obrigada a nos ouvir.

– Ninguém nunca conseguiu isso antes – advertiu Concelho.

– Mas nunca houve uma palavra como eu.

– Tome cuidado, Ezito – disse Paço.

– Eu vou tomar. Quando estiver lá pela metade do livro, eu tentarei mandar uma mensagem. Não se preocupem, meus amigos: nenhum de nós escolheu vir pra cá, mas a escolha de sair e decidir nosso próprio destino está em nossas mãos. Eu não sei o que me aguarda nas próximas páginas, mas eu garanto que, com esse disfarce, minha coragem e a força de todos vocês, eu vou chegar ao final do livro e libertar todos nós!

Meus amigos foram tomados pela empolgação, o que tornou aquelas palavras ainda mais pesadas. Nem eu sabia se podia acreditar nelas. O que eu sabia era que precisava tentar. Por melhor que fossem as intenções da Borracha, qualquer coisa parecia ser melhor do que viver no Limbo.

Ajustei o acento circunflexo, estiquei bem o x, sem saber que tipo de livro me esperava. Parti para a primeira, última e maior aventura da minha vida. Por aquelas palavras. Por todas as que foram apagadas sem uma segunda chance. Por mim. Eu precisava ter

ÊXITO

Tugafrida

A GENTE NUNCA SABE AONDE nossas ações, voluntárias ou não, podem nos levar. Uma das histórias mais emocionantes das *Mil e uma noites* fala sobre um caçador que levou um pouco de mel para um comerciante, mas uma gota do precioso líquido acabou caindo no chão. A gota atraiu insetos, que atraíram pássaros, que atraíram o gato do comerciante, que foi morto pelo cachorro do caçador, e de repente o reino inteiro estava em guerra, tudo por causa de uma única gota de mel.

Mas, às vezes, as coisas levam um pouco mais de tempo para acontecer.

Para ser mais exato, 42 mil anos, quando, depois de incontáveis tentativas, literalmente escritas com sangue, surgiu nas paredes de uma caverna a primeira pintura rupestre de que se tem notícia. Foi lá na Serra da Capivara, onde hoje fica o Piauí – você vai até Teresina, segue reto pela BR toda a vida e para na primeira caverna à esquerda. Lá, viveu uma adorável menina chamada Tugafrida do Amaral de Las Cabiernas (*nome trocado para proteger sua identidade*), que teria esfregado os dedinhos e depois toda a mão coberta de sangue de javali nas paredes de seu quarto. Naquela época, tudo na Terra era meio novinho, então seu pai teria lhe dado uma bronca, sem perceber o talento latente da filha, que inaugurava sozinha uma nova forma de expressão artística que mudaria a história humana, incluindo aí a minha, a sua e até a do final deste texto: a pintura rupestre, ou só pintura, como resolveram chamar na época.

Como todo mundo que inventa algo novo, Tugafrida foi muito criticada pela sociedade. Ninguém ali entendeu direito como aquela mancha vermelha na parede poderia representar tantas coisas distintas. Mesmo sem um idioma formal para se expressar, os homens das cavernas teceram críticas cruéis, cheias de empáfia e termos pedantes, espremidos em grunhidos com cerca de duas sílabas como "hum-hum!" (*"Como assim, essas garatujas abstratas podem ser a representação de seu tigre-dentes-de-sabre?"*), "grawl-rawl!" (*"Do ponto de vista artístico, não me parece muito realista"*) e "uga-buga!" (*"Isso aí até eu faço"*, frase dita por um tiozão desbocado e hoje repetida por tiozões em museus do mundo todo). Uma vez que os registros da Idade da Pedra são um tanto imprecisos, não sabemos ao certo o destino desse tiozão ou mesmo o de Tugafrida, mas o mais provável é que ela o tenha dado de comida para seu tigre-dentes-de-sabre, como era costume na época.

Contra tudo e contra todos, entre comentários maldosos de tiozões, colheitas de frutos e mamutes desenfreados, Tugafrida cresceu, se formou, constituiu família e teve êxito em ensinar a arte de pintar as paredes das cavernas para seus filhos. Só não ensinou para os netos porque a velhice ainda não havia sido inventada, já que ninguém costumava viver o bastante para ter netos. Aliás, era bem comum morrer antes dos vinte anos.

Ainda que a vida fosse curta, era a coisa mais linda ver as criancinhas das cavernas com suas mãozinhas peludas cheias de sangue após desenhar a família e seus animais de estimação nas paredes ou em seus cadernos feitos de pedra. Mesmo com as mochilas pesadas, era uma ótima época para se ser criança – o ar era mais puro, as cidades não tinham carros, podia-se andar descalço o dia inteiro, as coxas de frango eram bem maiores (e sem hormônios) e não era preciso ir a museus para ver fósseis de dinossauros – em cada esquina tinha um. Também foi uma época excelente para a arte. Graças à Tugafrida, as pinturas rupestres acabaram ficando muito populares e se espalharam rápido, como caçadores famintos atrás de um bisão, pelas cavernas do Brasil e do mundo. Na falta de livros ou fotos, as pinturas rupestres se tornaram o retrato mais confiável daquele tempo em que tudo era, literalmente, mais simples.

Muitos anos se passaram, coisas grandes aconteceram e até a contagem do tempo precisou mudar, do negativo para o positivo. Entre o -42 mil até o +2022, surgiu tanta coisa que é até difícil contar. Novas e incríveis invenções, como a roda, a machadinha, o arco e flecha, o arado, o apontador de lápis, chegaram para facilitar a vida dos descendentes de Tugafrida. Os grunhidos monossilábicos deram origem a idiomas tão distintos quanto o português e o japonês, e com eles vieram a literatura, os musicais, os mangás, o iPad e até o aspirador robô. E por mais belo que fosse, o nome Tugafrida do Amaral de Las Cabiernas acabou saindo de moda, dando lugar a nomes curtinhos como Liz, Theo e Luna. E ainda que tenha sido esquecida pelos livros de História, Tugafrida está aqui para que todos se lembrem dela e de sua inestimável contribuição. No entanto, esta não é uma história sobre Tugafrida.

Na verdade, é sobre uma outra menina.

Ela veio muito tempo depois de Tugafrida, no ano de 2011. E nos dois anos desde que chegara naquele mundo, a menina aprendera, nessa ordem, a sorrir, a bater palminhas quando estivesse feliz, a comer mamão, a mandar beijinho, a engatinhar, a andar, a fazer manha, a pedir água, a mexer no iPad, a ter coragem, a falar, a cantar e a dançar. Praticamente todas as fronteiras possíveis para a sua pouca idade já haviam sido atravessadas quando a última se aproximava sob a forma de pequenos potinhos coloridos com tampa amarela e uma porção de folhas de sulfite branco no chão do banheiro (o melhor lugar para esse tipo de experiência).

O pai foi lá e pegou uma câmera. Ele não sabia direito o que esperar, mas queria registrar aquele momento especial, já que tinta guache não costuma durar 42 mil e poucos anos e o apartamento ainda era alugado. Aquela seria a primeira vez que sua filha brincaria com tinta. Só que, dentre todas as habilidades que a menina aprendera em seus 24 meses, abrir potinhos ainda não estava entre elas. O pai então desrosqueou as tampinhas amarelas uma por uma e colocou os potinhos abertos no chão como quem deixa comida para um animal faminto. Deu dois passos para trás e armou a câmera.

Sem pensar duas vezes, a menina avançou e mergulhou os dedinhos nos potinhos como Tugafrida teria feito na jugular do pobre javali. Sentiu a textura geladinha e melecosa, olhou para os dedos que agora brilhavam metade azul, metade preto, fechou a mão e sentiu a pele deslizando enquanto fazia aquele barulhinho relaxante e satisfatório. Mergulhou-os na tinta de novo e de novo, e depois começou a espalhá-la por todo o corpo, principalmente na barriga e nas pernas.

Tirando alguns respingos, as folhas de papel ficaram em branco. As paredes também.

O pai fotografava enquanto a menina ria e grunhia. Ecos distantes do sorriso de Tugafrida, a primeira artista, que há 42 mil anos matou um pobre javali para que naquele dia ela pudesse pintar. Depois daquele desenho em sua caverna, vieram incontáveis traços e cores, obras sobre eras e seres que há muito se foram, lendas sobre deuses e sóis, retratos e lembranças em telas, quadros e barrigas de crianças que juntos contam a história de tudo o que foi e tudo o que será. O grande livro da aventura humana começou com um desenho de Tugafrida, que, no dia de hoje, fez cair uma lágrima de saudade e, no dia de amanhã, quem sabe o que irá fazer?

PERSEGUIÇÃO IMPLACÁVEL

Rua Tito, 479.
Prédio da Editora Melhoramentos.
7h59 da manhã.

OS PNEUS SOBRE A BRITA cinza do estacionamento soam como óleo fritando enquanto estaciono meu carro. É um Ford Mustang 1981, com duas listras brancas dividindo o capô vermelho sangue e faróis arredondados como os olhos de um predador faminto. Desligo o som, silenciando os gritos de heavy metal que fazem minha alma pulsar e me lembram de tempos mais dóceis. Giro a chave, puxo o freio de mão e desço do veículo. À minha frente, o prédio tombado de tijolos marrons se ergue como um monólito vivo em meio a uma calçada que parece ter encolhido na secadora de roupas, pequena demais para conter a imponência daquela construção. O prédio ocupa um bloco inteiro e engole a esquina sem piedade. Mas eu não o temo.

Porque esse é o meu trabalho.

São 8 horas da manhã, e já estou dentro do gigante, como faço todos os dias. Cumprimento os seguranças, que erguem as sobrancelhas sempre atentas que parecem elas mesmas ter sobrancelhas. No saguão principal, vejo esculturas de planetas flutuando próximas ao teto, enquanto no corredor reconheço rostos familiares portando crachás sorridentes e nomes de no máximo cinco letras. Fê,

Bia, Vivi, Alex. O nome mais longo que encontro é o de Leila - paroxítona, duas consoantes, três vogais. Nas paredes, vejo fotos em preto e branco, retratos de autores e autoras cujos textos toquei com minhas próprias mãos. Poucos sabem disso, e é melhor que seja assim. Se ninguém me vê, é porque eu fiz um bom trabalho. Eu conheço todas as regras. Eu estou em cima e estou embaixo, eu sei como começa e sei como termina.

Eu sou Bel, a revisora.

xx

8h05 da manhã.

Estou na minha sala, um cubículo cheio de caixas e arquivos de casos antigos, contendo cópias dos textos de alguns dos autores mais famosos do país - os originais ficam guardados em um local secreto na editora. No chão, o carpete bege cheira a ácaros e sonhos pisoteados. O ventilador no teto espalha pelo ar o cheiro de barra de cereal sabor banana e clássicos da literatura infantil. Mesmo com tantas histórias e vitórias, não há troféus nem diplomas nas paredes. Como um anjo silencioso, eu navego entre as ideias e mergulho nos livros sem que ninguém perceba. Vejo meu nome espelhado no vidro da porta e, através das frestas da persiana, vejo a amiga de nome de cinco letras se aproximando, exasperada. Paulistana, ela ama gatos, cães e música. Ela é Leila, a editora.

E ela tem um problema.

- Temos um problema! - diz Leila, empurrando a porta.

— O que foi, Leila?

— Tem um erro no livro. Justamente "aquele".

— Impossível — eu respondo com a certeza de quem sabe que respira oxigênio. — "Aquele"? Eu conheço todas as regras. Eu estou em cima e estou embaixo. Eu sei como começa...

— ...e sabe como termina. Eu sei disso, Bel. Você diz isso todos os dias. Mas veja:

Leila desaba na minha mesa um calhamaço de folhas. São contos curtos em fonte Helvetica falando sobre objetos artísticos. Na primeira página, leio "Pequenos Objetos Mágicos — Fábio Yabu".

— Eu conheço esse rapaz. Fábio Yabu, 1979, mora em São Paulo e tem uma filha chamada Luna. Tem alguns vícios de linguagem, usa conjunções adversativas em excesso e às vezes abusa de adjetivos como se tivesse frequentado a creche do Tio Lovecraft. Mas nada que uma boa e cuidadosa revisão não pegue.

— Não é disso que estou falando, Bel. Veja. Página 14.

Folheio o manuscrito e, sem que Leila perceba, já estou revisando-o. Não sei se gosto do estilo. Ora é mais formal e um pouco rebuscado, meio forçado como uma criança usando as roupas do pai, ora tem algumas brincadeiras com sonoridades, copiando descaradamente autores como Bojunga e Scliar. Ele é um novato, tem potencial, mas, como todos de sua geração, parece ter mais ideias do que consegue executar. Apesar disso, as primeiras páginas fluem bem, com um inventivo conto sobre borrachas e palavras flutuantes. E então meu sangue ferve.

- Como é possível?! - digo, baixando o manuscrito. Leila está branca.

- Não sabemos como aconteceu. Nossas equipes estão tentando descobrir como isso foi parar aí. Nossa presidenta ligou para o presidente que ligou para os presidentes, mas se esse erro for para o livro…

- Vamos ter sérios problemas.

- O que faremos, Bel? Eu esperava que isso nunca fosse acontecer!

Leila tem história. Como eu, ela age nas sombras, uma verdadeira agente da entropia editorial. No banco do passageiro do seu velho Fiat Uno 147 amarelo, ela já levou os maiores autores desta cidade, como uma fada madrinha da literatura, um fantasma benevolente e silencioso, como um milhão de almas de mulheres ancestrais enfileiradas que…

- BEL! - ela interrompe meu monólogo interno. - Precisamos fazer alguma coisa! O livro não pode sair assim.

- Ele não vai, Leila. Ele não vai.

O celular de Leila vibra com uma mensagem. Ela baixa o olhar. São as equipes da Editora Melhoramentos informando que o erro ainda não foi localizado. Ela responde com um emoji de uma mulher loira tapando a cara e finaliza com um emoji de beijo. Leila é a gentileza em pessoa e não merece passar por isso. Ela ergue o olhar novamente, e eu não estou mais lá.

- Bel…?

xx

Eu caminho sozinha pelas ruas tomadas pelo grito dos motores indóceis. Nos bolsos do sobretudo, que tem o mesmo tom cinza das paredes pichadas, eu guardo algo importante que peguei no frigobar do escritório. Espero não ter que usar. Eu encaro o chão, não por medo, mas porque evito olhar para placas, cartazes e outdoors. Preciso manter o foco em meu objetivo. Mas é impossível resistir. Ergo o olhar e vejo um cartaz com um acento circunflexo em "coco" que quase me faz vomitar minha barra de cereais. "Exceção" é quase sempre um problema, e, quando avisto um "a vista", sem crase, é como se meus olhos fossem perfurados pela crase desprezada. Respiro fundo, coloco meus óculos de sol e sigo até o metrô.

Ao descer as escadas rolantes, sinto o ar se deslocando de maneira inclemente, o chão treme e os trilhos gritam um guincho agudo e penetrante. É como se o chão me rejeitasse, feito as ondas do mar que afastam os humanos que teimam em se banhar ali. E eu sei que é verdade. Tudo nessa cidade parece ser feito para te expulsar, as cores são opressoras, os cheiros são asquerosos e os únicos olhos que te encaram de volta são os das câmeras de segurança. Eu chego até a fila das catracas, onde as pessoas se alinham como oferendas para um deus faminto. Mas não eu. Quando todos estão distraídos com suas telas, eu me desloco para a esquerda, passo por uma propaganda de curso sobre sonhos perdidos e me aproximo de uma parede coberta por azulejos simétricos.

E então, sem que ninguém perceba, eu não estou mais lá.

À minha frente vejo outra plataforma. A primeira e mais importante plataforma mágica, a ponte original entre os mundos. Um relógio digital na parede começa a piscar e soltar faíscas. Em vez de números, ele exibe três pequenos relâmpagos. Eu cheguei na hora certa e, como esperado, o trem também.

Eu entro no vagão vazio e vou ao encontro do mago.

xx

A coisa mais extraordinária sobre aquele vagão, que me faz perceber que estou realmente em um trem encantado rumo a outra dimensão e não à estação Vila Sônia do metrô, é o fato de que há lugares abundantes para sentar. Acomodo-me em um banco branco, rígido, com a área do assento e das costas coberta por um veludo amarelado, perfeitamente limpo. Não vejo pessoas em seus celulares - aliás, não vejo pessoas, apenas seres mágicos como um trio de crocodilos de terno e um simpático tigre de chapéu e paletó verde. O felino está com o braço direito levantado, apoiando sua enorme e poderosa pata na barra metálica acima, e não presta lá muita atenção em mim. De repente, nossos olhares se cruzam sem querer, e eu balanço ligeiramente o queixo. Ele retribui o gesto. Pergunto se ele está indo para o mesmo lugar que eu.

- Não, estou indo para outra história - ele responde.

No meio de tantas coisas estranhas, como uma palavra fugitiva, um trem mágico, crocodilos de terno e animais falantes, aquela frase me marca, porque ela me conecta ao tigre. "Estou indo para outra história." Por um instante, me lembro de todas as pessoas - autores, editores, baristas, taxistas, amores - com quem já cruzei no prédio tombado de tijolos marrons, nas ruas cinzentas da cidade opressora, em cada capítulo da minha vida. Todas elas estavam indo não somente para lugares, mas para histórias diferentes, e, por algum desígnio divino, tivemos a sorte de nos encontrar na intersecção delas. Lugares são passagens, histórias são jornadas. Lugares são estáticos, enquanto as histórias estão sempre sendo escritas. Antes que meus olhos se separem do tigre, eu sorrio. E do jeito que os tigres fazem, ele sorri de volta, piscando com os dois olhos.

- Eu sou a Bel - me apresento.
- Eu sou o senhor Malhado - ele responde.

Perdida em meus pensamentos, olho pelas amplas janelas de vidro e vejo o mundo exterior se tornando um borrão. Os trilhos soam como chuva caindo no capô de meu velho Mustang. O trem acelera, e eu preciso me segurar firme para não deslizar para o lado. O som vai ficando cada vez mais rápido e agudo até se tornar um pequeno assovio. Vejo o sr. Malhado levando a pata esquerda à orelha - o barulho o incomoda. Mas logo o som desaparece, e, do lado de fora, agora vejo estrelas. O tigre finalmente relaxa e inclina o pescoço para o lado, apoiando-o no braço erguido. Ele parece cansado.

Não estamos mais sob o domínio do tempo. Eras e instantes se confundem, o espaço se dilata e não sei se percorremos quilômetros ou anos-luz, se passaram minutos ou séculos, e sequer me importo. Aproveito para relaxar um pouco, pois a vida nas trincheiras da revisão pode ser bastante exaustiva. Todos têm o direito de cometer erros, mas o meu dever é corrigi-los.

E, então, o trem passa a desacelerar. Minha história é logo a primeira, de infinitas paradas, numa estação que fica no limiar entre a poesia e a pintura. A porta se abre ao som de uma bexiga sendo esvaziada, me despeço do sr. Malhado e desembarco numa estação com paredes de pedra bruta esverdeada, tão polida que é impossível ver junções no chão ou nas paredes. A iluminação vem somente de tochas que espalham um brilho tênue, espectral. O mago tem bom gosto e uma voz gentil:

- Bel, minha querida! - Sua voz ecoa nas paredes enquanto se aproxima com os braços abertos. Ele parece não envelhecer e está como da última vez em que o vi. A luz das tochas é refletida por algo em sua cabeça, que brilha de maneira intensa como a coroa de um rei. Não uma coroa, uma panela.

- Oi, Z. Como vai?

- Eu estou ótimo, mas sei que você não viria aqui se não estivesse com problemas. O que houve?

- O inimaginável aconteceu.

- Na minha idade e profissão, poucas coisas podem ser definidas assim, Bel.

- Não desse jeito, Z. Um erro passou.

— Mas isso é impossível!

Eu conto a Z sobre o tal livro do tal Fábio Yabu com o tal erro. Falo sobre o desespero de nossa amiga Leila, sobre as equipes debruçadas em computadores enquanto pessoas muito mais poderosas do que eu perdem tempo em ligações para presidentes. Começo a tremer, as palavras me faltam e a respiração fica pesada.

E então peço ajuda.

E a resposta do mago é não.

— Sinto muito, Bel. Não posso fazer isso.

— Como assim, Z? Você mesmo já fez!

— Sim, mas você não sou eu.

— Posso não ser, mas estou disposta a fazer o que for preciso.

— Ouça, Bel. Você não entendeu. Eu já entrei em meus livros várias vezes. Só que eu nunca me perdi lá dentro porque, na verdade, eu sempre morei neles.

— Você acha que eu vou me perder, Z?

— Um mergulho na leitura muitas vezes é um caminho sem volta.

— Eu não posso deixar esse erro passar, Z. Me ajude.

— Talvez você devesse ser menos rígida, Bel. Nem toda palavra ou cor já foram inventadas. Meu próprio nome é inventado, meus livros são cheios disso…

Eu me lembro dos livros do mago Z. Mas como ele mesmo disse, eu não sou ele. Coloco a mão no bolso e resolvo usar minha arma secreta.

— Eu não queria usar isso, mas…

Ele me olha, atônito.

— Você não…

Vejo suas sobrancelhas brancas se arquearem de maneira impossível, puxando os lábios que revelam um sorriso que só pode ser descrito como mágico.

Sim. É uma maçã.

Ele a pega na mão, aproxima seu nariz e vê saindo de lá uma pequena minhoca. Um bichinho.

- Tem gente! - diz o Bichinho.
- Tem bicho! - diz o mago.

E os dois riem.

xx

Não sei se é a alegria de rever o velho amigo, gratidão ou só vontade de ver até onde sou capaz de ir. Mas sei que o mago vai até sua coleção de livros, que só poderia caber ali mesmo, dentro de uma dimensão mágica. Ele aponta a maçã para uma prateleira e a percorre lentamente, até que o bichinho sai de sua toca e diz:

- É esse aqui, Z.
- Obrigado, Bichinho.

Ele coloca a maçã no ombro, que mantém o equilíbrio. Eu não entendo como ela não cai, assim como não entendo a maior parte das coisas que acontecem ali. Eu só sei que tenho uma missão a cumprir.

- Você tem certeza, Bel? - ele diz, retornando com o livro.
- Tenho, Z. Pode fazer o feitiço.
- Não é difícil entrar em uma história. O problema é sair.
- Só me diga o que eu preciso fazer.

- Antes, você precisa saber de uma coisa: você tem até a página 176 para retornar. Caso não faça isso, ficará presa no livro para sempre.
- Não se preocupe. Eu vou conseguir. Só tenho uma dúvida.
- Pois não?
- Como sei para onde ir?
- Você precisa se concentrar, e a história fará o resto. De qualquer forma, convém fazer um teste antes.
- Acho que você tem razão.
- Está pronta?
- Eu nasci pronta!
- Então, diga a palavra mágica.
- E qual seria ela mesmo?
- Você não sabe? É SHAZAM!

xx

O morador da maçã fica preocupado.
- Mais uma desintegrada, Z?
- Não, Bichinho. Meus feitiços melhoraram muito! Segundo minha intuição, ela vai voltar… agora!
E nada. O Bichinho ri.
- Tô vendo…
- Às vezes não é tão preciso assim, mas…
E então vem o raio.
- Uau! - eu gritei ao voltar para aquele mesmo lugar.
- Funcionou?
- Sim! Eu… eu… eu fui parar na página 2! Minha nossa, eu fui parar na ficha catalográfica do

livro! Estavam todos os nomes lá, Fábio Yabu, a ilustradora, o endereço da editora, tudo! - Eu me sentia como se tivesse corrido uma maratona. - Eu nunca, nunca, imaginei que fosse assim!

- Então agora você entende. Se essa viagem simples foi tão difícil, imagine atravessar vários capítulos em busca de uma palavra fugitiva.

- Eu não posso desistir agora, Z - respondo, recuperando o fôlego.

- Muito bem, Bel. Então prepare-se, porque da próxima vez é pra valer. Boa sorte, minha querida.

Eu encaro o velho mago novamente, que, como sempre, me retribui com um sorriso gentil. O Bichinho em seu ombro balança a cabeça.

- Ela é corajosa - diz o Bichinho.
- É a melhor entre nós - responde o mago.

Ele ensaia me dizer alguma coisa, mas a palavra mágica escapa de meus lábios antes, como se tivesse vida. Algumas palavras têm mesmo.

O raio cai do céu, e, na fração de segundo que antecede minha nova jornada, eu me lembro de tudo o que vivi. Vejo a mim mesma pequenina na sala de aula, encarando o quadro negro onde a professora escrevia versos de uma poesia que copio como se fosse o próprio Livro da Vida. Lembro-me das histórias que li e vivi, lembro-me dos meus acertos e, é claro, dos erros. Erros dos outros. Erros que precisam ser corrigidos. Apagados. Destruídos.

No fim, eu terei êxito.

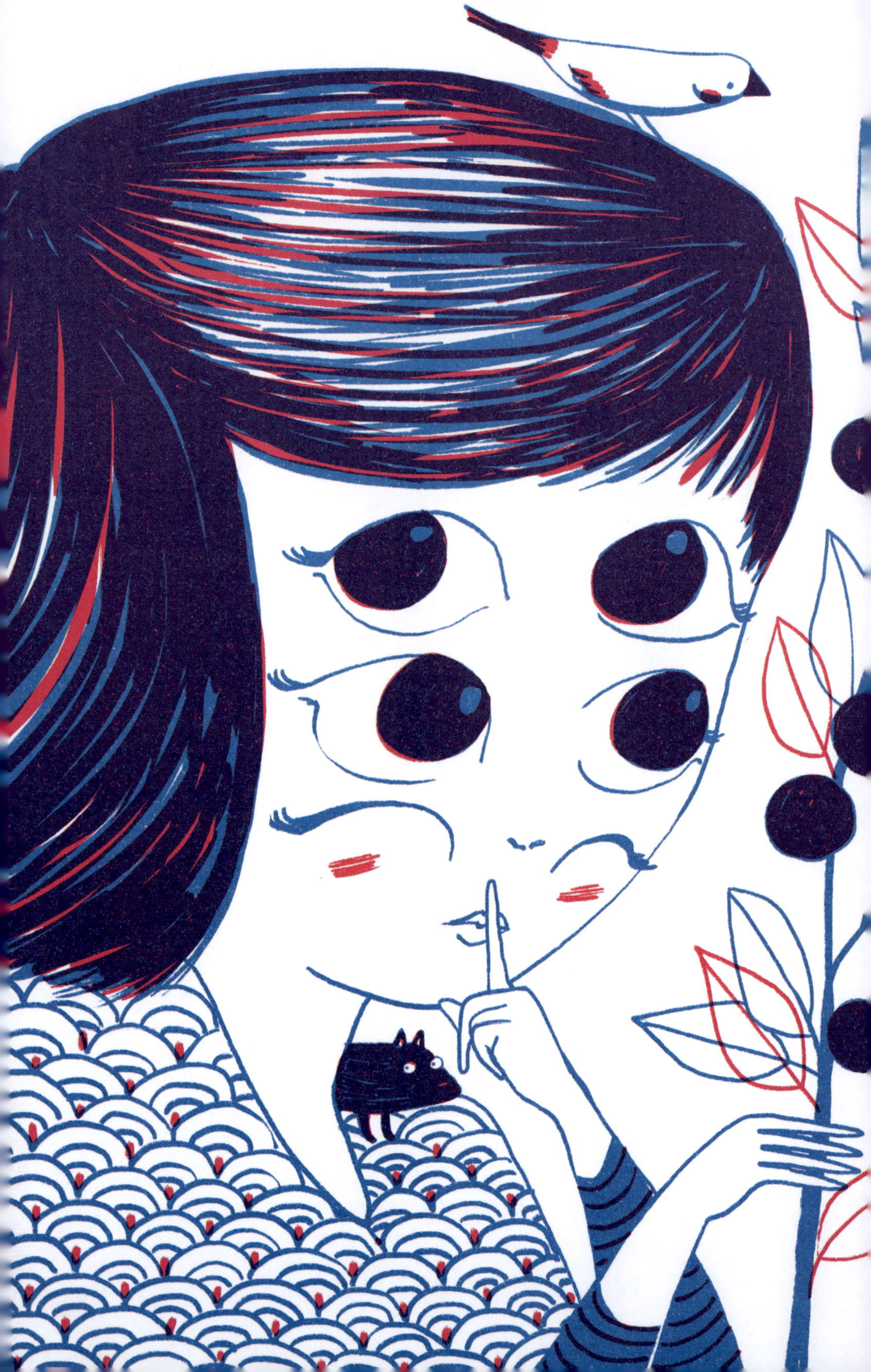

olhos tão grandes

"VOVÓ, POR QUE ESSES OLHOS tão grandes?"

A maior parte das crianças não faz essa pergunta ao entrar no quarto da avó. Felizmente, a maior parte das crianças não é devorada por lobos. E, infelizmente, a maior parte das crianças não tem uma avó como a minha.

Calma, não quero desmerecer sua avó. Tenho certeza de que ela passou por muita coisa, de que ela lia histórias e fazia bolos deliciosos para você. Mas a minha avó... bem, para começar, eu nunca a chamei de vó ou vovó, mas *ba-chan*, como é costume entre os descendentes de japoneses. Ela não vivia numa casinha simpática na floresta, mas ali na esquina da rua Nilo Peçanha com a Gonçalo Ibanhez, na idílica cidade de Birigui, no interior do estado de São Paulo, onde eu costumava passar as férias quando criança. Ela nunca leu histórias para mim e até hoje mistura japonês com português. Ela tampouco fazia bolos, mas fazia *manjus* – doces japoneses de feijão, que eu adoraria dizer que amava, mas, em defesa da veracidade deste texto, devo admitir que sempre os achei um pouco esquisitos. Em compensação, em quase toda refeição, ela fazia sushis fresquinhos e tempurás crocantes. Junto com os temperos brasileiros, ela misturava o amor de vó importado diretamente do Japão.

Há muitos lugares mágicos no mundo. Trens encantados e portais dimensionais podem ser utilizados para alcançá-los, mas essas duas maneiras não são, de forma alguma, obrigatórias. Qualquer um pode acessar tais lugares mágicos, e aqui vai um segredo: sem que ninguém esteja olhando, feche os olhos, dobre os dedos dos pés e pense com força, que você vai acabar se transportando automaticamente para um deles. Mas tome cuidado. Tem que pensar com a força certa, nas coisas certas – a menos que queira pensar forte demais e parar na livraria Shakespeare & Company, em Paris, ou forte de menos e se ver na Cratera de Chicxulub, no México, onde teria caído o meteoro que matou os dinossauros e nos deu os combustíveis fósseis e as canetas Bic.

Se precisar de alguma direção, eu serei seu GPS. Assim que fechar os olhos, procure por lugares onde os finais de tarde são sempre mais demorados, porque o sol resolve esticar um pouquinho e fica fofocando com a noite antes de ir embora. As nuvens e as copas das árvores ficam avermelhadas, refletidas em poças d'água que sobraram de uma chuva que passou ali só para dar um oi. Nesses lugares, o ar cheira alho frito ao meio-dia e pipoca às três da tarde. A gente dorme no chão e faz fila para tomar banho. Você sabe onde eles ficam.

Chegou?

Se eu penso com a força exata, eu consigo chegar na esquina da Nilo Peçanha com a Gonçalo Ibanhez, no inesquecível ano de mil novecentos e lá vai pedrada.

Na verdade, é de lá que escrevo este texto, onde estou, bem agora.

Está bem quente. A rua está vazia e tem uma fumacinha dançante sobre o asfalto. Mas a casa em si permanece fresca, graças a uma grande e excessivamente generosa jabuticabeira, com o tronco todo preto e brilhante, coberto pelas frutinhas que ninguém dava conta de comer. Quando íamos visitar minha avó, meu pai enchia isopores inteiros, levava para casa, distribuía para os vizinhos, e ainda assim sobrava jabuticaba.

E é claro, ele também se esbaldava com sua fruta favorita. Eu o vejo ali, apertando-as entre os dedos em explosões suculentas, com um prato de metal à sua frente onde ele cuspia as sementes e deixava as cascas. Nem toda lembrança feliz precisa ser bonita. Eu sorrio para ele, porque eu tenho certeza de que me esqueci quando estive ali da primeira vez. Ele não entende nada e retribui o gesto do jeito que sabe: pergunta se eu aceito uma jabuticaba.

Digo que não.

Atravesso a sala, tentando não pisar nos brinquedos espalhados, e mais à frente tem um monte de risadas e primos empilhados. Mas eu não quero brincar. Na cozinha aberta, vejo minha mãe e minha avó conversando na mesa, uma tia lava o *gohan* - como é chamado o arroz japonês - para manter aquele batalhão alimentado, e cada coisa está em seu lugar.

Sigo para o quarto da minha avó. Os móveis todos são de uma madeira escura e meio brilhante, acho que era moda na época. Parecem resistentes. Perto da janela, a luz do sol entra, salpicada pelas folhas da jabuticabeira. Lá eu vejo um *butsudan* – um oratório, como uma espécie de templinho de madeira com a foto do meu avô, algumas frutas e um incenso queimando, que minha avó regularmente trocava para orar pelo seu espírito.

Olho meu velho avô, e ele está como eu o deixei. Cheirando incenso, em silêncio, com a expressão sisuda de uma época em que não se sorria para foto. Ao lado do *butsudan*, amontoados com jornais e revistas, vejo novelos, linhas, tesouras, agulhas e fitas métricas coloridas, dessas que fazem barulho quando a gente enrola bem apertado no dedo.

E não importa quantas vezes eu volte para lá, eu sempre fico impressionado com a descoberta.

Ali, entre os novelos de lã e tranqueiras indecifráveis, eu vejo um grande volume de papel, um livro grosso e amarelado com caracteres coloridos e desconhecidos. Pego o volume nas mãos, abro e, de cara, reparo nos desenhos de traços finos que não têm contorno preto – ora são azuis, ora são cor-de-rosa. As páginas, de um papel pior que o de jornal, quando viradas soam como pequenas tempestades. Eu não entendo absolutamente nada, mas são os olhos, os olhos grandes que chamam a minha atenção. Por maiores que sejam, não parecem exagerados, mas do tamanho exato para capturar minha alma e me fazer viajar ainda mais longe.

Minha avó não era como a das outras crianças. Minha avó colecionava mangás e, o mais incrível, ela herdara o hábito de sua mãe.

"*Ba-chan*, por que esses olhos tão grandes?",

pergunto. Ela ri, mas não sabe responder. Aponta para um outro armário com uma porta de treliça por onde dá pra ver muitos outros mangás. Quanto aos olhos, para ela eram apenas olhos, mas as páginas de papel amarelado eram muito mais do que isso. Eram uma edição do famoso mangá *Nakayoshi*, publicado com êxito no Japão desde 1954. Eram o seu trem encantado e o seu portal. Eram o seu jeito de retornar regularmente ao seu país natal, que ela deixara aos dezessete anos, e só voltaria a visitar na velhice. E eu quero contar para ela o meu segredo, mas a pilha de primos na sala desabou, tem alguém chorando, o *gohan* está no fogo e já tem fila para tomar banho.

Não exijo mais dela. Assim como a sua avó, ela também passou por muita coisa. Eu agradeço, respiro fundo e desdobro os dedos dos pés.

De repente estou aqui com você. Cercado por livros, quadrinhos e mangás. Em todo o canto tem um desenho de alguém com olhos enormes.

Eu sei de onde eles vieram, e agora você sabe por que são tão grandes.

ÉXITO

Procura-se Bel

Rua Tito, 479.
Prédio da Editora Melhoramentos.
8h02 da manhã do dia seguinte.

LEILA ESTÁ PARADA DENTRO DE uma sala que não é sua. Ela está muda. Olha para a porta atrás de si, onde lê LEB - AROSIVER (BEL - REVISORA), espelhado, para que seja lida do lado de fora, como a porta de um detetive. Na mesa, entre manuscritos, Houaiss e Becharas, ela dá falta de algo muito importante. Pega o celular e manda três emojis com uma cara assustada para Bia. E então digita em letras maiúsculas:

— VOCÊ VIU A BEL HOJE?

O fato não deveria chamar a atenção. Afinal, ainda são 8h02, mas Bel nunca havia se atrasado um segundo sequer. Leila corre até a janela, abre os dedos entre a persiana e vê, no estacionamento da editora, o velho Mustang vermelho coberto de sereno.

— Meu Deus, o carro dela passou a noite aqui!

Nesse momento, Vivi chega com um calhamaço de folhas nas mãos.

— Leila, temos novas provas para revis… Eita, cadê a Bel?

Leila olha para Vivi. Vivi olha para a mesa vazia e entende o que aconteceu. O pânico se instala.

xx

São mais de 60 títulos por mês lançados pela Editora Melhoramentos. Muitos deles passam pelas mãos de Bel, que vive se esforçando para não deixar passar uma única vírgula errada. As equipes da editora, que já estavam às voltas com o suposto erro dentro de um livro, entram em pânico. Telefones voltam a tocar como nos anos 1980, reuniões de emergência são convocadas e os corredores são tomados pela sensação apocalíptica de que o pior ainda estava por vir.

- Precisamos manter a calma, gente! - diz Bia.

- Como assim? - exclama Vivi, segurando um palavrão na garganta. - A Bel nunca faltou! Algo deve ter acontecido com ela!

- Justamente quando um erro "daquele" passou… Não pode ser coincidência - responde Bia responde com a mão no queixo.

- Enquanto a Bel não for localizada, precisamos de um plano de contingência. Precisamos vigiar cada original e cada livro em processo de aprovação. Nada pode sair daqui. Liguem para os nossos fornecedores. A internet deve ser cancelada em todo o prédio para prevenir vazamentos. Papel e tinta não devem ser entregues. Liguem para a gráfica, mandem parar as bobinas gigantes. Está tudo cancelado.

- Mas Leila, os nossos acionistas… - exclama Bia.

- Quando souberem o que está em jogo aqui, eles irão entender, Bia.

- Leila, eu falei com a equipe de segurança. As câmeras mostram que ela saiu do prédio a pé, ontem, logo após falar com você. Nós ligamos para os vizinhos, ninguém a viu voltar pra casa - diz Vivi.

- Falando em câmeras de segurança - Alex entra na sala -, eu já falei que precisamos de câmeras na copa da editora. Porque pegaram meu lanche DE NOVO!

- O que você disse, Alex…? - Leila arregala os olhos.

- Toda segunda eu deixo o meu lanche da semana na geladeira - nas mãos, ele traz uma fita crepe e uma caneta piloto, estilo pincel atômico -, escrevo meu nome em tudo, mas alguém DE NOVO teve êxito em pegar as minhas coisas, e agora eu vou ter que ir até a máquina de snacks para…

- Alex! - Leila o interrompe. - O que tinha mesmo no seu lanche?

- Como assim, o que tinha no meu lanche? O de sempre: uma maçã.

Leila então tem uma ideia.

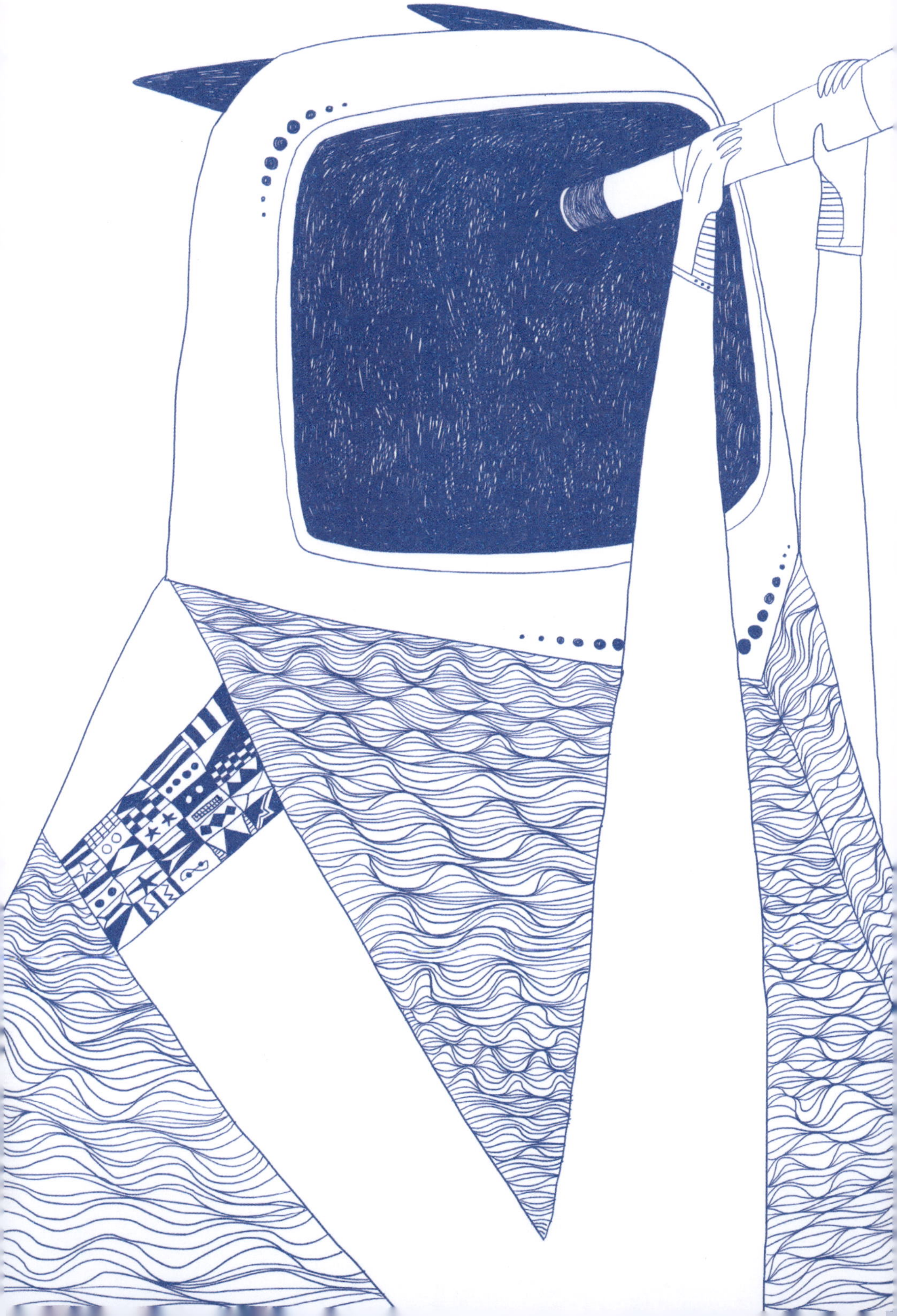

Como salvar o mundo usando uma caneta Bic

TODO MUNDO SABE QUE A melhor caneta para desenhar é a que se tem à mão – e todo mundo sabe que ela é quase sempre uma caneta Bic. Talvez você tenha alguma aí perto de você, presa no bolso da camisa, perdida no meio do sofá, esquecida em um estojo ou no fundo de uma gaveta.

Canetas Bic são um feliz encontro de impossibilidades, a começar pela grandiosidade de seu número. As pessoas adoram dizer frases como "te amo mais que as estrelas do céu", sem nem imaginar qual seria esse número. Pois elas ficariam surpresas se soubessem que poderiam trocar "estrelas do céu" por "canetas Bic já fabricadas", já que o número é exatamente o mesmo. São 100 bilhões de estrelas na Via Láctea e 100 bilhões de canetas já produzidas desde 1946. E a primeira delas, assim como todas as outras que vieram depois, ainda está circulando por aí. Como são muito baratas e feitas de diversos materiais diferentes, sua reciclagem é muito custosa, então elas seguem, discretas e silenciosas, nas gavetas e cantos esquecidos da vida.

Em compensação, são muito duráveis: uma única carga tem tinta o suficiente para escrever cem mil palavras, ou traçar uma linha de dois quilômetros – desde que seja no chão, já que as canetas não conseguem escrever nas paredes ou em ambientes sem gravidade, como no espaço sideral.

Seu funcionamento é tão simples quanto fascinante: na ponta de cada caneta existe uma minúscula bolinha de metal, um pequeno ponto azul, como um globo flutuante que, envolto por uma fina película de tinta, nunca toca verdadeiramente a folha de papel. Desse encontro que nunca ocorre, fluem, de maneira uniforme e contínua, desejos, rabiscos, ideias, sonhos, cartas de amor, testamentos, contas de padeiro, obras de arte e até mesmo textos como este.

Assim como a bolinha na ponta, nenhum detalhe de sua construção está lá à toa. Seu corpo liso e transparente permite que se veja quanta tinta, quantos quilômetros ou palavras ainda restam em sua carga. Nesse mesmo corpo, existe um furinho milimétrico que iguala a pressão atmosférica dentro e fora da caneta. Sem esse detalhe engenhoso, a tinta da carga transbordaria em locais de grande altitude, como o topo de edifícios ou o interior de aviões.

Grande parte genialidade, uma pequena parte milagre, as canetas Bic estão praticamente em todos os lares e escritórios do planeta Terra e são merecidamente reconhecidas como um triunfo da imaginação humana.

Quem diria que elas seriam tão importantes durante uma invasão alienígena?

xx

Durante boa parte de sua passagem pelo cosmo, o planeta Kleon foi um lugar hostil e inabitável. Forjado no coração de uma estrela, o pequeno planeta herdou dela uma camada de magma incandescente que cobria toda a sua superfície e tornava impossível a formação da vida. Seu destino mais provável teria sido existir por milênios como um astro fervente e sem nome, até seu eventual resfriamento num pedaço de rocha morta, eterna e esquecida.

Por sorte, acaso ou providência, Kleon estava na rota de um meteoro, um bloco de gelo e fúria que cruzou distâncias indizíveis através do tempo e do espaço só para encontrar seu fim em um mergulho no magma fervente. Do encontro fortuito, foram libertadas todas as possibilidades sequestradas de um mundo viável. Vapor, água, rocha, gases, energia, luz. Esperança.

Uma cratera se formou e logo foi encoberta por um oceano bebê, onde moléculas de proteína brincavam de colidir e se recombinar em ligações inesperadas. Por eras, nada aconteceu, mas o tempo é o maior aliado da sorte. Um dia veio o relâmpago e, com seu estrondo, uma combinação que finalmente fez sentido.

Uma cadeia foi formada.

Dois viraram quatro.

Quatro viraram dezesseis.

E a vida surgiu.

Isso é o que as lendas contam. Que, desde que eram pequenos seres unicelulares, os kleon entendem que reações químicas e combinações proteicas precisam de energia para serem feitas e também para serem desfeitas. Que elas perduram, crescem e se recombinam continuamente, dando origem a reações imprevisíveis, porém sublimes, como responsabilidade, cuidado e amor.

O impacto do meteoro reformulou completamente a face do planeta Kleon. Agora, ele tinha ilhas espalhadas pelo oceano, pedaços de rochas flutuantes e férteis, onde os primeiros fungos se agarravam a rachaduras microscópicas para fincar ali as raízes do que um dia seriam florestas, um ecossistema, um povo. Os kleon perseveraram, conquistaram o fogo, o raio e o trovão, formaram tribos e forjaram alianças, viajaram para novas ilhas e para o fundo do oceano, tudo sem jamais se esquecer de sua humilde origem. Vieram as artes, a música e as cidades. A matemática foi conquistada, a morte foi desafiada, o tempo foi compreendido e a ciência prosperou. E, quando seus olhares se voltaram para os céus, os kleon finalmente perceberam uma verdade que é comum a todos que habitam o universo.

Que, um dia, tudo acaba.

xx

Na capital de Kleon, havia uma torre cristalina como uma agulha encravada no coração do planeta. No alto dessa torre se reunia o Conselho dos Sábios, um grupo de notáveis apontado pelo povo que decidia os rumos de sua grandiosa civilização. Saarg, o mais jovem conselheiro, estava às voltas com sua terrível descoberta.

— Senhoras e senhores conselheiros, não há desejo mais intenso em meu coração do que o de estar errado neste momento. Mas meus cálculos foram revistos pelas maiores matemáticas de Kleon, e todas chegaram à mesma conclusão. Nosso amado mundo está condenado, vítima da mesma explosão de gelo que deu origem à vida.

— Como isso pode ser possível? – perguntou um conselheiro.

— O impacto do meteoro em nosso planeta, que esfriou o magma e possibilitou o surgimento da vida, não foi sentido somente naquele momento. As ondas de choque reverberaram por toda a superfície de Kleon ao longo das eras, e, enquanto a vida surgia e prosperava, as rachaduras se acumulavam até atingir o núcleo incandescente do planeta. Em pouco tempo, o magma abundante do interior do planeta irá preencher essas mesmas rachaduras, fazendo nossos oceanos oleosos ferverem e então se incendiarem. E a vida como conhecemos chegará ao fim graças ao mesmo fenômeno que deu origem a ela.

O Conselho permaneceu em silêncio. Saarg não chegara lá sem méritos. Ele era um dos estudiosos mais respeitados do planeta, um amante dos números e da lógica. O que dissesse, era ouvido. Finalmente Zoorg, a filósofa mais antiga do Conselho, se manifestou:

— Temos que proteger nosso povo. Evacuá-lo para um lugar seguro – disse.

— Mas como levaremos milhões de kleon para outro lugar? Fora os animais, as florestas, os fungos, tudo o que faz de Kleon o nosso lar – completou outra conselheira.

– O problema não é "como", mas "onde". A biologia dos kleon é raríssima no universo. Não sobreviveremos sem o oceano azul, sem oxigênio abundante, nem em temperaturas elevadas ou baixas demais.

– Talvez eu conheça um lugar – disse Saarg.

Durante horas, Saarg discorreu sobre o que ele descobriu quando apontou seus equipamentos para os céus: um pequeno planeta azul, localizado na Via Láctea, próximo o bastante de um sol para receber calor, distante o bastante para não ser incinerado. Um planeta que eventualmente também encontraria seu fim, mas rico em recursos que poderiam garantir a sobrevivência dos kleon até que reencontrassem seu futuro entre as estrelas.

– Eu ouvi falar da Terra – disse Zoorg. – É lar dos humanos, uma raça primitiva. E que não lida bem com visitantes – concluiu.

– Eles nem vão nos ver chegar – disse Saarg.

xx

Na Terra, existe uma lenda que envolve as canetas Bic, combatida diuturnamente pela sua fabricante: a de que as canetas seriam instrumentos de espionagem criados por uma avançada raça alienígena. Afinal, ninguém se lembra de um dia ter comprado uma dessas canetas na vida, embora elas pareçam se multiplicar milagrosamente em lares e escritórios. Segundo essa teoria da conspiração, as canetas serviriam para analisar os hábitos e a escrita de cada ser humano, catalogando-os em escalas de risco e agressividade, o que tornaria uma eventual invasão alienígena muito mais eficiente. Esse também seria o motivo pelo qual as canetas parecem desaparecer: elas seriam transportadas de volta a seu planeta de origem, junto com preciosas informações sobre o planeta Terra, seus habitantes e fraquezas.

Não deixa de ser uma teoria interessante, ainda que facilmente refutada pelo mero uso da lógica e da observação. Se alienígenas quisessem realmente espionar humanos a milhões de quilômetros de distância, tudo o que precisariam fazer seria sintonizar as ondas de rádio, transmitidas em larga escala desde o final do século XIX. Tais ondas levam, há mais de um século, informações precisas e atualizadas sobre os principais acontecimentos do planeta, além de músicas, novelas e, é claro, as previsões do tempo.

Miguel, um estudante do sexto ano, nunca foi de acreditar em teorias da conspiração. Aos onze anos, tudo o que interessava a ele eram seus amigos e tudo o que ele mais gostava era de uma boa tarde na piscina com eles. Como os outros habitantes do planeta Terra, Miguel não imaginou que os kleon haviam sintonizado suas ondas de rádio e descoberto absolutamente tudo sobre seu planeta, sua geografia, suas cidades e até mesmo suas canetas Bic.

Ele também não fazia ideia de que havia centenas de naves indo em sua direção naquele exato momento.

xx

Cientistas olhando boquiabertos para seus computadores, o toque de telefones que nunca deveriam tocar, lágrimas e pânico nas ruas. É assim que os filmes ensinaram as pessoas a imaginar uma possível invasão alienígena, que sempre começa por uma grande cidade norte-americana, como Washington ou Nova York. Mas, assim como as canetas espiãs, essa descrição não poderia estar mais longe da realidade.

A dura verdade é que ninguém, nem a Nasa, muito menos Miguel, viu quando as naves dos kleon adentraram a estratosfera rapidamente e sem alarde. Ninguém viu as moléculas d'água que formavam as nuvens dando passagem aos visitantes. Ninguém viu as descargas elétricas reagindo ao estranho material das naves e, principalmente, ninguém viu que, de dentro da principal delas, Saarg sorria pela primeira vez em meses.

Ele, que durante tanto tempo estudou mundos de todo o cosmo em busca de um novo lar para seu povo, estava estupefato com a beleza daquele lugar. As transmissões de rádio captadas pelos kleon sempre foram uma aproximação, como um mosaico, por meio do qual Saarg concluiu o estado geral do planeta, mas o jovem conselheiro não poderia prever como seria o azul do céu, o branco das nuvens, o cheiro das águas ou o toque dos ventos. E tudo era belo, palpável, real.

O tamanho das cidades o impressionou. Saarg pouco se importava se estava sobrevoando Washington ou Nova York. De fato, a cidade que ele via era Santos, no litoral do estado de São Paulo, Brasil, mas poderia ser Valparaíso, no Chile, ou Nuremberg, na Alemanha. Qualquer lugar servia. Então, foi ali mesmo que ele mandou que a descida se iniciasse.

A ordem foi transmitida às centenas de naves de sua frota, abarrotadas de voluntários, soldados e cientistas. Todos compartilhavam do deslumbramento de Saarg e, assim como ele, estavam dispostos a dar a própria vida para desbravar aquele novo mundo.

Muitos quilômetros abaixo, Miguel ainda estava na aula. Fazia aquele calor úmido que deixa a pele pegajosa e a mesa molhada embaixo dos antebraços. Para piorar, o esforçado, porém antigo ventilador de teto mal girava, tornando aquela aula de matemática uma tortura ainda mais cruel.

Quando as naves kleon chegaram, Miguel nem viu o que aconteceu.

xx

Segundo os cálculos de Saarg, sua nave poderia pousar e flutuar com êxito naquele oceano azul, denso o bastante para amortecer o impacto e suportar seu peso. E assim ele o fez.

Ainda que sentisse relativa segurança, ele não buscou de imediato a autoridade terrestre mais próxima. Isso é outro conceito equivocado transmitido pelos filmes. Antes de qualquer coisa, Saarg precisava fazer medições, checar a radiação, a temperatura e a atmosfera externa, além, é claro, de buscar formas de vida, hostis ou não.

Saarg mal podia acreditar que seus instrumentos estavam corretos. O oceano em que pousara era praticamente idêntico ao de seu planeta natal, com a mesma composição química e o mesmo azul brilhante que remontava ao início dos tempos. Quanto à presença de seres vivos, ele não precisou de sensores para ver centenas de formas orgânicas circulando ao seu redor. Criaturas tentaculares, disformes, aglutinadas em cores e tamanhos distintos. Os estranhos seres não pareciam se importar com Saarg ou sua nave. Eram os verdadeiros donos daquele mundo e sabiam que aquilo não mudaria. Eram pacíficos.

O kleon se sentiu seguro o bastante para desembarcar. Uma vez fora de sua nave, tomou coragem e tirou o capacete. De repente, sentiu suas células se inundarem pelo oxigênio abundante, carregado pelo cheiro oleoso do novo mundo e de todas as suas possibilidades. Temperatura constante e amena. Pressão atmosférica perfeita. Uma nova vida possível.

– Podemos recomeçar aqui – disse Saarg, de joelhos. E então, declarou: – Mandem vir as naves.

E as naves chegaram. Primeiro, as da missão original; chegariam, depois, milhares de outras vindas do planeta Kleon, à velocidade da luz, movidas pelo desejo de conhecer aquele novo mundo e levar para ele seu povo e sua cultura. Em pouco tempo, instalariam ali bases, depois ilhas onde as sementes das árvores sencientes seriam plantadas. Semente, muda, floresta, lar. A primeira geração de kleon nasceria no novo mundo, e ela estudaria na escola sobre o velho Saarg, que, com perseverança e otimismo, levaria seu povo a se expandir de maneira tão espetacular. Desde a chegada ao pequeno ponto azul, mais de cem bilhões de outros planetas ainda seriam encontrados, todos cobertos pelos mesmos oceanos de óleo azul, todos em condições perfeitas para a expansão e a perpetuação da raça mais avançada do universo.

Alheio a tudo, Miguel ouviu o sinal tocar. Enfiou os livros, na página em que estavam, dentro da mochila. O peso que faziam sob o zíper fez com que ele se abrisse feito a boca de um animal faminto, e o menino despejou nela o resto de seu material escolar: lápis, apontador, borracha, esquadro e um marcador de texto que nunca havia sido usado. Era sexta-feira, dia de piscina na casa dos amigos.

Saiu correndo pela sala, ansioso pelo mergulho e pela vida inteira à sua frente. Não notou que sua caneta Bic ficara para trás. No pequeno globo em sua ponta, os kleon cantavam canções sobre seu novo mundo, e todas versavam sobre esperança.

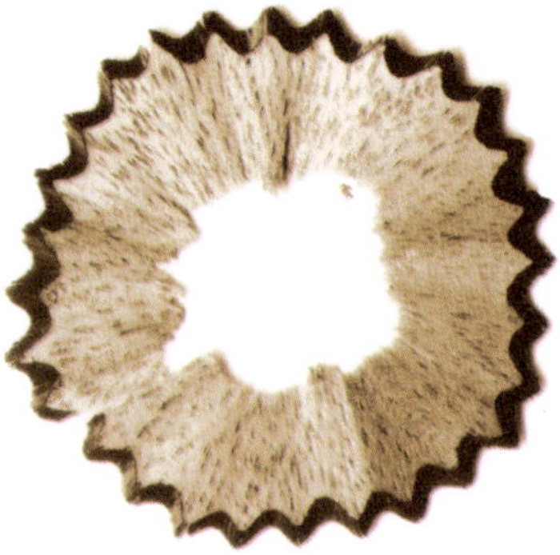

O girassol do Monsieur Lassimone

TEM UMA COISA QUE É muito importante, mas pouco valorizada hoje em dia. As pessoas foram muito espertas na hora de inventar aquela folha branca de papel lisinha, tão boa para receber desenhos, bilhetes de despedida e cartas de amor, mas realmente se superaram na hora de inventar o lápis. Sério, você já olhou com atenção para um? Um lápis é um objeto tão perfeito que parece ter sido criado para agradar aos cinco sentidos humanos: ele é macio ao toque, tem um delicado cheirinho de madeira, faz um barulhinho delicioso ao deslizar pelo papel enquanto torna visível o que antes só a mente podia ver. Tem gente que gosta de mastigar, mas eu não recomendo. Um lápis pode ser de carpinteiro, pastel, aquarelado, colorido ou preto, numa escala que vai do HB ao 9B (não tem 1B, não sei por quê). Não importa qual o tipo, um lápis é um lápis. E um lápis é uma chave, e uma folha em branco é uma porta que liga o que está aqui dentro com o que está lá fora. Mas talvez as pessoas tenham gastado tanta inteligência para fazer os dois – lápis e papel –, que acabou faltando um pouquinho dela na hora de inventar, junto, a peça que faltava, o elo da corrente, a fechadura para encaixar aquela chave, girar e abrir para sempre o mundo dos sonhos: o apontador de lápis.

As pessoas já sabiam rabiscar suas ideias há muito tempo. Na falta de papel, usavam-se as paredes das cavernas, o chão ou o couro de animais. Na falta de lápis, usavam-se gravetos, carvão e as populares penas de ganso molhadas em tinta feita de corantes e clara de ovo. Mas o primeiro lápis, lápis mesmo, desses cheirosos e bons de pegar, esse cachorro-quente de madeira com uma salsicha de grafite dentro, surgiu mais de mil anos depois do papel, só em meados de 1620. Foi na cidade de Nuremberg, na Alemanha, e dizem que foi o maior oba-oba. Depois que o lápis chegou com muito alarde às lojas e papelarias, fizeram até fila para conferir a novidade. De repente, ninguém mais queria saber das tão populares, mas nada práticas, penas de ganso, usadas para escrever de tratados entre países a receitas de bolo. Os lápis viraram mania, com toda a sua variedade de cores e emoções, e parece que até hoje a Alemanha produz os melhores lápis do mundo. Foi uma grande revolução em todas as áreas do conhecimento, das artes à matemática (imagine fazer contas usando pena de ganso?). As pessoas passaram a desenhar e a escrever como nunca, porque pela primeira vez na história elas podiam errar e apagar seus erros.

Mas é claro que, com tanta ideia nova, surgiu um problema deixando novamente os gansos de toda a Alemanha apavorados: o grafite era mais fraco que a madeira, e logo se gastava ou se quebrava, tornando o lápis inútil, meio como se a salsicha caísse no chão. Então, os lápis, que não eram tão baratos, acabavam durando muito pouco e indo parar no lixo, gerando toda uma discussão se eles valeriam mesmo a pena — e, aliás, foi daí que surgiu essa expressão tão peculiar.

Até que um dia alguém usou mais um pouquinho da inteligência que sobrou no mundo e teve uma ideia quase brilhante: "E se a gente usasse uma faca?". E pimba! Os lápis puderam ser apontados e voltaram a ter utilidade, e foi aí que também surgiu a expressão "toquinho de lápis", porque, até então, ninguém nunca havia precisado usar toquinho de nada, muito menos de lápis. Com uma faca na mão, as pessoas passaram a usar seus amados lápis até o último toquinho, ainda que isso lhes rendesse alguns cortes nos dedos.

Quem já viu um lápis apontado à faca sabe bem como é. A coisa fica meio grosseira, é como abrir uma lata de ervilhas usando uma bicicleta. E como sempre tem alguém que leva seu trabalho a sério demais, na França de 1860, mais de 240 anos e muitos dedos cortados depois da invenção do lápis, o senhor – ou Monsieur – Lassimone abriu a primeira oficina de apontação de lápis do mundo. Era exatamente isso que você está pensando, uma lojinha simpática ali perto da Notre-Dame, em Paris, logo do outro lado do Sena, onde hoje tem uma livraria com um letreiro amarelo que homenageia um grande autor inglês. Em sua oficina, cujo lema era "Seja hospitaleiro com estranhos", o Monsieur Lassimone recebia adultos e crianças que levavam seus lápis de todas as cores e tamanhos, até toquinhos, para serem apontados. Um a um, ele os colocava numa engenhoca que ele mesmo inventara, uma espécie de caixinha metálica com um furo e uma navalha bem afiada, movida a manivela. Bastava inserir o lápis de um lado, segurar firme e girar a manivela do outro, e logo as pontas sem vida saíam tão lisas e finas que podiam até escrever nas costas de uma formiga. Para completar, os lápis saíam com cheirinho de madeira fresca, e o Monsieur Lassimone ainda dava uma lixadinha na ponta com tanta delicadeza que se tornava impossível, até mesmo para os dedos mais sensíveis, saber o ponto exato onde o grafite e a madeira se abraçavam.

O mais curioso sobre o trabalho do Monsieur Lassimone era que ele não cobrava nada para fazê-lo. Não é difícil compreender, porque, se você já apontou um lápis na vida, sabe como é prazeroso ouvir a delicada mordiscada da lâmina na madeira, sabe como é maravilhoso puxar o lápis e passar o dedo por sua ponta lisa e delicadamente afiada. E tem mais um detalhe que poucos adultos costumam lembrar, mas que as crianças amam e pessoas como o Monsieur Lassimone guardam como um tesouro inestimável: a pétala de madeira fininha, que não existe em lugar nenhum na natureza, que cai na mesa ou na folha de papel em meio à garoa de grafite colorido que sempre é soprado para longe. Esse tesouro é a raspa do lápis.

Lápis são iguais no mundo inteiro, folhas de papel, então, nem se fala, e hoje em dia até apontadores são comuns, mas cada raspa de lápis é como um dente de leão ou o primeiro amor – não existem dois iguais. E, para conseguir as melhores raspas, você precisa do melhor apontador, que, na época, era o do Monsieur Lassimone. Ele sabia com precisão a força e a velocidade que precisava aplicar no lápis e na manivela para tirar as raspas mais perfeitas, conduzindo-as ao limite de sua forma e rompendo-as no momento exato. Quanto mais devagar ele girava a manivela, mais longa era a raspa, que ia se enrolando numa gavetinha embaixo de sua engenhoca, como uma pérola numa concha. Dizem que ele era capaz de transformar um único lápis numa longa e contínua raspa do tamanho e aparência de uma rosa. Se ele girava mais rápido, as raspas eram menores, e todas, grandes ou pequenas, eram guardadas cuidadosamente em suas gavetas até o momento em que sua oficina fechava.

Ao final do expediente, todos saíam ganhando: os clientes voltavam para casa felizes da vida, exibindo seus lápis afiados como novos, prontos para traçar seus planos e riscar seus desenhos, enquanto o Monsieur Lassimone ficava em sua oficina para arrumar as coisas e admirar seu crescente tesouro. Tão logo a placa com o aviso "Fechado" era virada, ele corria para suas gavetas e tirava de lá quatro pequenas raspas, as colava numa folha de papel e traçava uma linha logo abaixo delas para ver surgir um lindo girassol. Duas raspas, uma ao lado da outra, formavam uma borboleta, uma mais longa e aberta formava a saia de uma bailarina e uma mais longa ainda formava a sanfona de um sanfoneiro. E assim, rodeado pela arte, por apontadores e por crianças, a maior parte dos dias do Monsieur Lassimone foi feliz.

Como tudo que vale alguma coisa, o Monsieur Lassimone quis dividir seu tesouro com o mundo. Começou distribuindo saquinhos com raspas para as crianças que visitavam sua oficina. Por alguma razão, desde o princípio, todas já sabiam o que fazer com elas, como se ver e criar a beleza a partir das coisas simples fosse algo que já nascessem sabendo. A mania então se espalhou por Paris. Chegou um momento em que tinha tanta gente entrando na oficina com seus lápis para apontar e saindo de lá com as raspas que até mesmo o chão do famoso Jardim das Tulherias ficou coberto por elas. E assim está até hoje, pode conferir.

E como o tempo teima em fazer, ele passou rápido demais. Paris, que já era o berço de tantas boas ideias, como a maionese e o sistema métrico, acabou se tornando também a capital mundial dos apontadores de lápis. Dizem que até a Torre Eiffel foi criada em homenagem aos lápis apontados pelo Monsieur Lassimone, que inspirou muitos inventores a criar seus próprios apontadores. Surgiram modelos maiores, menores, com ou sem manivela, com ou sem depósito, metálicos ou de madeira. A invenção teve êxito e se espalhou pelo mundo. E com tanta gente apontando os próprios lápis, um dia a oficina do Monsieur Lassimone não tinha mais razão de existir. Depois de 44 anos de muitos lápis apontados e uma infinidade de girassóis de raspas plantados, ele acabou vendendo o lugar para um aventureiro que amava os livros. O novo dono lhe prometeu continuar sendo hospitaleiro com estranhos, pois eles poderiam ser anjos disfarçados.

Ninguém sabe qual caminho o Monsieur Lassimone tomou, mas é provável que tenha seguido em uma linha reta pelo Jardim das Tulherias. Alguns dizem que até hoje, toda vez que alguém cola uma raspa de lápis numa folha de papel, em algum lugar muito longe de qualquer outro, entre borboletas, bailarinas e sanfoneiros, sentado no banco de uma alameda cercada por girassóis, Monsieur Lassimone sorri.

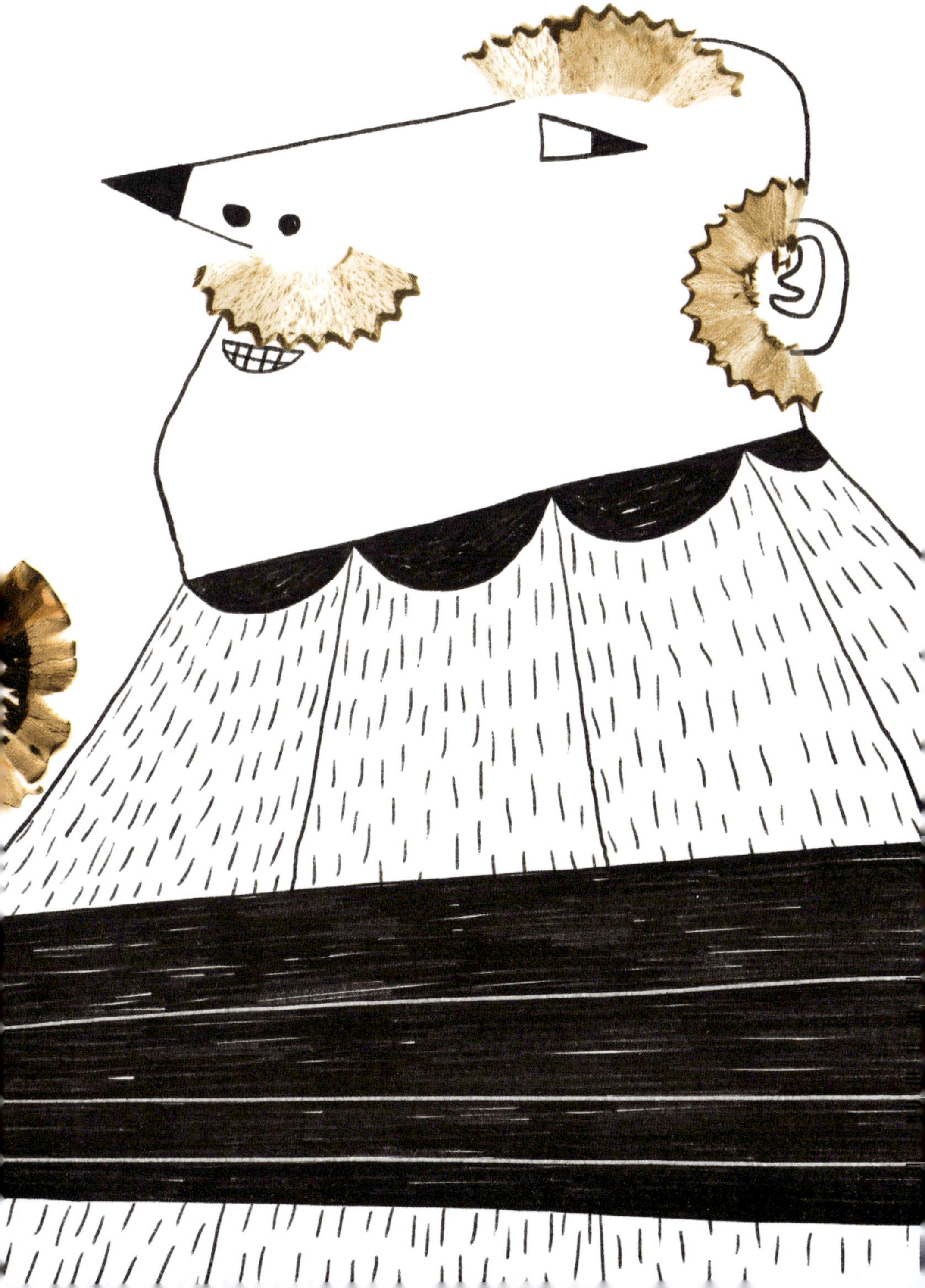

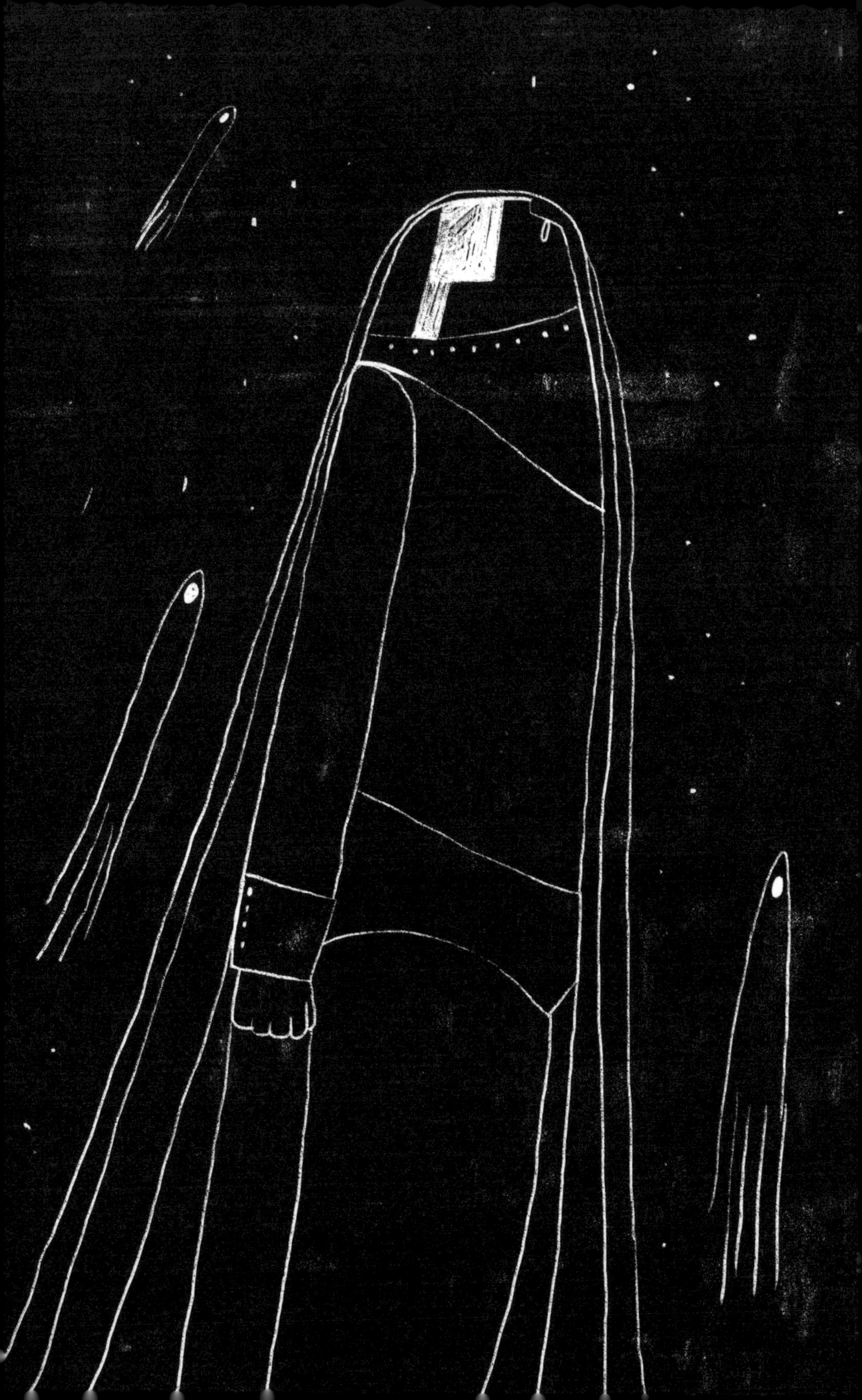

A trilha

NO COMEÇO, SÓ HAVIA AQUILO.

O nada liso, o silêncio claro e a escuridão em seu estado mais inocente.

Ele chegou ali em meio a um som estridente e penetrante, deslizando sem medo sobre a noite como se ela lhe pertencesse.

Olhou para a frente e tudo o que viu foi mais escuridão. Olhou para trás e viu que deixava uma fina trilha branca, como a cauda de um cometa singrando o espaço. Ele dançou e fluiu e girou, desceu e subiu e mergulhou, cada movimento seguido pela trilha branca.

E então ele ouviu aquela voz.

— Primeira vez aqui?

Sem deter seu mergulho, ele respondeu:

— Sim.

— Dá pra ver. Vocês sempre chegam nessa empolgação, indo para cima e para baixo, dançando, girando e mergulhando, velozes e decididos, sem se importar para onde estão indo.

— *Vocês?* — ele perguntou. — Há outros iguais a mim?

E a voz riu levemente antes de responder.

— Há muitos iguais a você.

— E onde eles estão?

E a voz riu de leve. Uma risadinha contida, um sopro com um pouquinho de tristeza, tristeza leve, líquida, do tipo que cabe em qualquer cantinho, e por isso nunca vai embora.

E ele estava ocupado demais para responder ou pensar sobre aquilo. Tudo estava muito divertido, ele queria deslizar e sentir o ventinho batendo em seu corpo, queria abrir caminho na escuridão infinita, queria olhar para trás e ver sua trilha cintilante.

Queria apenas ser.

E ele foi. Ora por linhas retas, ora por linhas sinuosas, linhas que ele era incapaz de entender, mas que, se vistas de cima, formavam uma imagem.

Eras se passaram. Depois de tanto tempo rumando e deslizando, ele começou a se sentir cansado, ainda que em seu âmago achasse que era cedo demais para isso. Ele estava apenas começando. Foi então que se lembrou do que a voz dissera: "Vocês sempre chegam nessa empolgação".

– E o que fazemos depois? – gritou aos céus.

E a voz respondeu:

– Cada um segue um caminho diferente.

– A trilha atrás de mim?

– Sim.

– O que é?

– É uma poesia.

Ele estava farto das respostas enigmáticas dadas pela voz.

– A minha história, você quer dizer?

– Nenhuma história é só sua.

E ele deu de ombros e seguiu seu caminho. Não quis perguntar, mas aquilo que a voz dissera, que haveria outros como ele, não saía de sua mente. E ele decidiu encontrá-los.

Levou mais algumas eras, quando ele viu algo no horizonte. Primeiro achou que tivesse dado a volta ao mundo e que estava vendo uma parte de sua trilha. Mas o que viu não era trilha alguma.

Era uma coisa alta, impiedosa e intransponível.

Uma muralha, lisa, bege, coberta por um pó branco. Em meio à sua visão, ele notou que algo se tornava mais visível a cada instante.

Alguém como ele.

E ele sentiu uma alegria inexplicável, de um tipo que ainda não conhecia, do tipo que preenche, transborda e não acaba.

O outro alguém como ele também era branco, liso... mas menor, muito menor.

– Por que você é tão pequeno? – ele gritou, ao se aproximar. – Não me importa, eu estou tão feliz em encontrar alguém como...

E antes que tivesse êxito em terminar a frase, ele reparou que havia outros ali em frente à muralha. Alguns do mesmo tamanho, outros impossivelmente menores, como tocos e grãos. Gritou e chamou, mas nenhum respondeu.

– O que houve com eles? – gritou sua indignação para os céus.

E, em vez da risada, veio a tristeza, e ele a guardou no cantinho em que ela cabia.

Pela primeira vez, ele sentiu medo. Antes de chegar perto demais, fez uma curva oblíqua e voltou para cima. Entre novos caminhos retos e sinuosos, ele seguiu, sem jamais se esquecer do que vira. A jornada, que antes era só alegria e contentamento, virou silêncio e contemplação. Ele olhava para trás e via a própria trilha, o que deixara. Cada passo, cada grãozinho branco no chão era um pedaço de si.

E então ele entendeu.

– Cedo ou tarde, todos vocês percebem – disse a voz.

Inconformado, ele olhou para a trilha que ia até o horizonte.

– Eu sou o que ficou para trás? Ou apenas o que sobrou de mim?

– É tudo isso, e muito mais. A trilha tem uma parte de você, mas também tem uma história que começou muito antes e vai continuar muito depois que você se for. Cada pedaço seu vai permanecer, mesmo que seja apagado. E isso se chama existir.

– Eu sou só isso? Um rastro, uma trilha, um momento que se vai?

– E não somos todos?

A poesia estava pela metade, e o giz, no finzinho. Era uma canção famosa, de Braguinha, chamada "Carinhoso". A professora largou o toco que sobrou, bem no verso: *Bate feliz, quando te vê*. Ela limpou os dedos esbranquiçados no avental e pegou um giz novo e lisinho no estojo de madeira que ganhara da aluna favorita.

E a poesia continuou, como sempre continua.

E os meus olhos ficam sorrindo...

Ao giz novinho, a lousa perguntou:

– Primeira vez aqui?

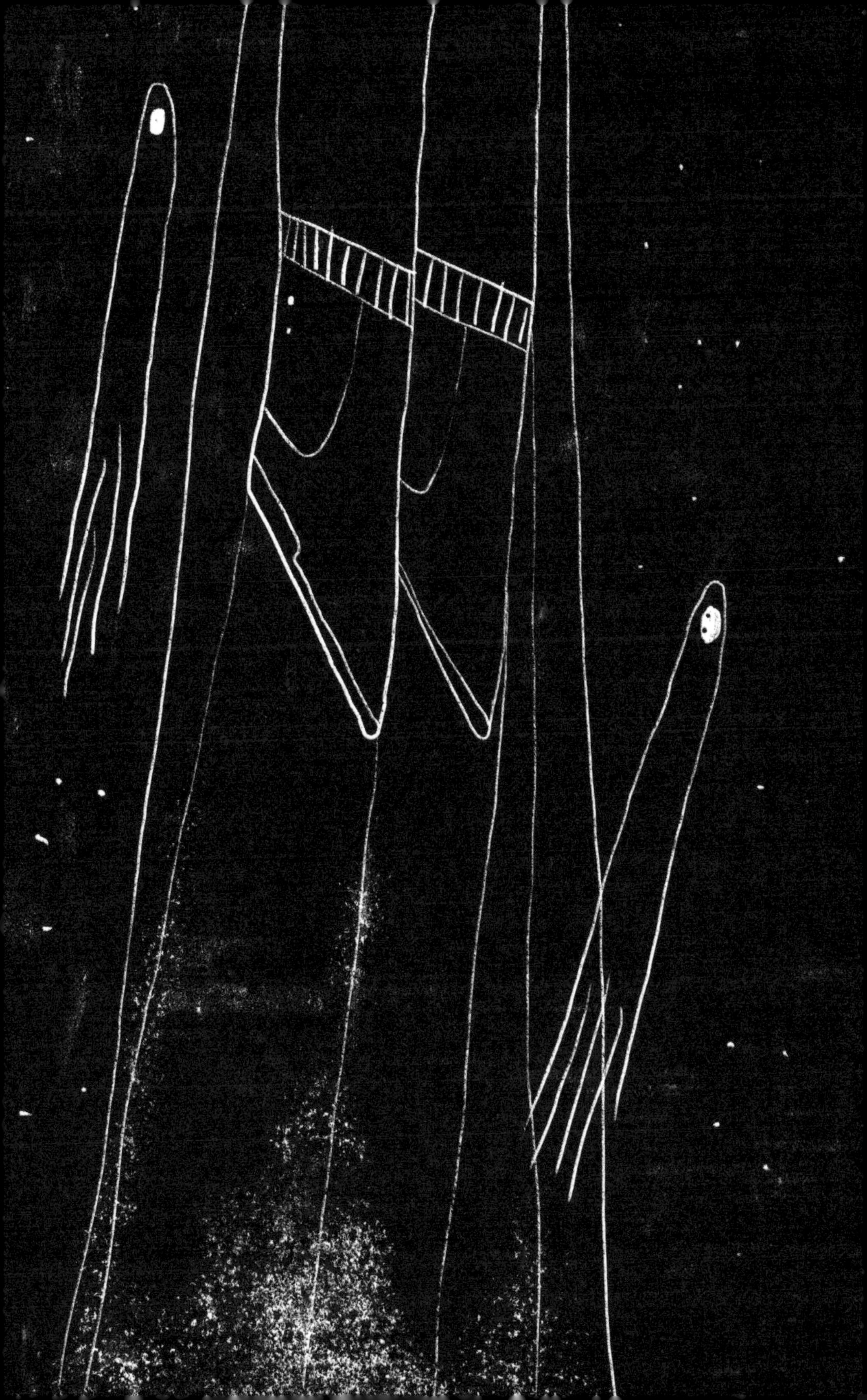

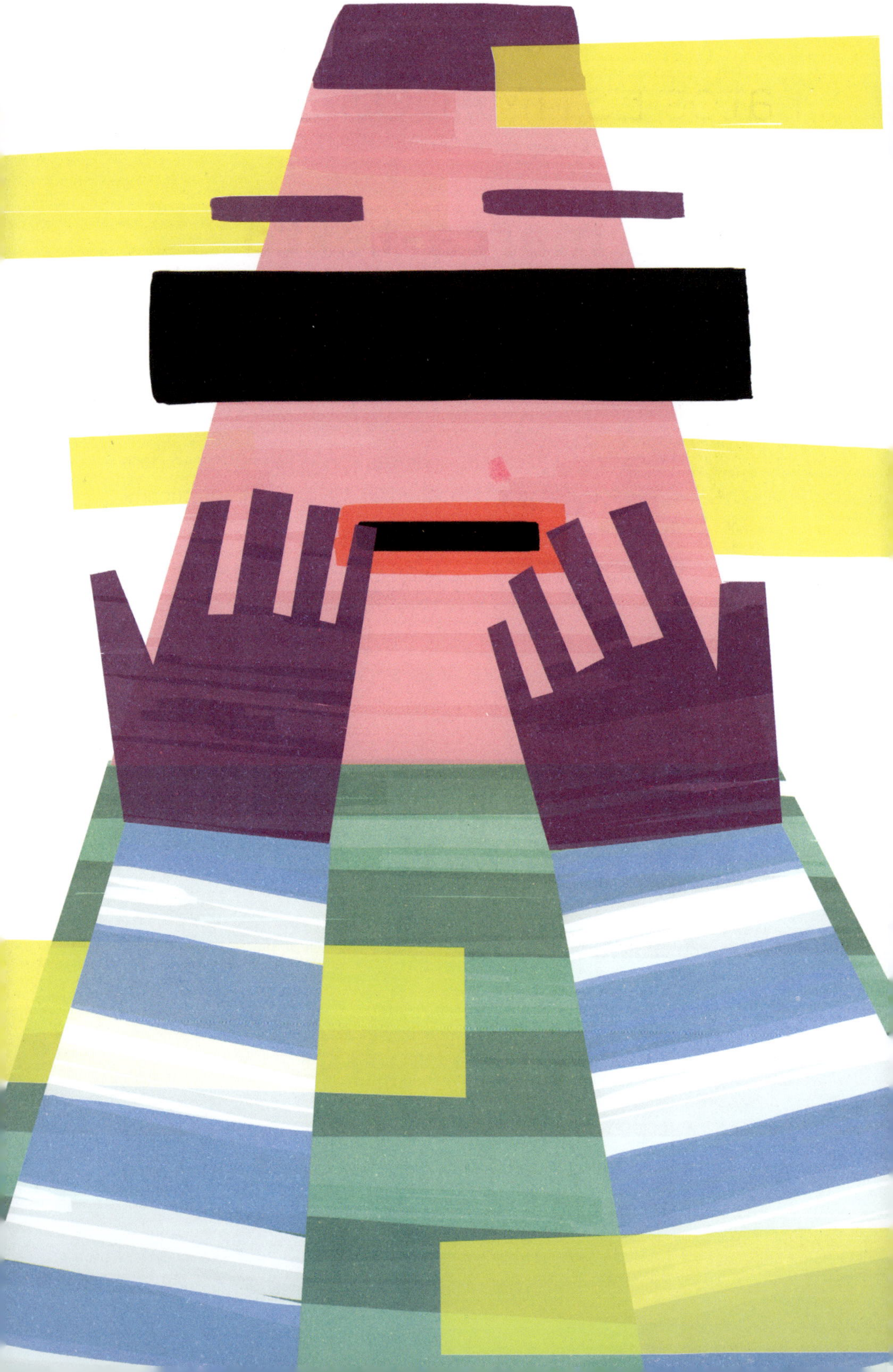

Fatos ESTIMADOS SOBRE A CRIAÇÃO do **marca-texto**

TUDO COMEÇOU QUANDO O INVENTOR japonês, Yukio Horie, criou com os amigos da empresa uma caneta com ponta de feltro a mando de seu chefe, em 1962. Um ano depois, essa engenhosa invenção serviu de inspiração para que Francis Honn, um funcionário da Carter's Ink Company, dos Estados Unidos, criasse uma caneta de tinta amarela que servia para destacar trechos de um texto ou mensagem. Para garantir que ninguém roubasse sua invenção secreta, ele a patenteou com o nome de *hi-liter,* protegendo seus direitos conforme a legislação de seu país havia prometido resguardar em 1790.

A bem da verdade, o produto não foi um sucesso imediato. "Acredito que o mercado não esteja pronto para essa ideia", disse Honn, numa entrevista para um jornal local à época, mais ou menos em 1963. Afinal, não havia muita diferença na prática de sublinhar um texto ou marcá-lo por cima, como mais da metade do público norte-americanos fazia. Além do mais, não é todo mundo que gosta de rasurar um livro.

No ano seguinte, as coisas mudaram um pouco quando uma empresa da Califórnia chamada Avery Dennison adquiriu os direitos da invenção de Francis, que andava muito desanimado: "Passei a invenção adiante", disse Francis, conformado que seu projeto seria melhor cuidado por uma empresa com mais experiência.

"Que ideia incrível!", disse o presidente da Avery Dennison. "O primeiro marca-texto do mundo agora é nosso!" Ele estava repleto de ideias e queria começar uma nova linha de produtos, com outras três cores: rosa, verde e laranja. As canetas marca-textos foram vendidas em todos os lugares a preços fantásticos, mas o fato é que o público não achou o invento tão maravilhoso assim, sem perceber que ele era quase tão importante quanto a borracha, daí, muita gente não sabe o que perdeu.

Quanto aos anos seguintes, ainda em 1980, uma empresa familiar chamada G.T. Luscombe notou que havia algo em falta no mercado e passou a produzir marca-textos específicos para as páginas da Bíblia: como o papel utilizado nela é tão fino que dá para ver através das páginas ou furá-las com algo como uma caneta Bic, os marca-textos vieram muito a calhar, tanto que eram vendidos especificamente como "marca-textos da bíblia"... As cores faziam os textos ganhar em vida, isto é, um destaque, e o livro em questão deixava de ser somente branco e preto e passava a ser colorido, sem prejudicar o que já estava escrito.

A cada ano surgia uma melhoria. "Os consumidores querem novidades a cada minuto", disse o presidente da Bic, maior fabricante de canetas esferográficas do mundo, em 1990. A empresa atendeu ao desejo dos consumidores e lançou sua própria versão dos marca-textos, nas cores azul, amarelo, rosa e verde, para qualquer um ficar satisfeito. O momento foi oportuno, e logo as pessoas iriam aprender a usar a internet para se comunicar e comprar produtos, criando mais um mercado a ser desbravado pela Bic, o que aumentaria ainda mais seus lucros. Quem já fez um risco usando uma caneta da empresa sabe que é muito grande seu apetite por inovação.

Mas foi só no ano de 2005 que Dilip Bhavnani, que jamais havia imaginado trabalhar com canetas, inventou um marca-texto com ponta retrátil que dispensava a tampa. "Vou revolucionar o mercado!", disse o inventor, prestes a deixar sua marca no mundo. O produto foi um sucesso de grandes proporções, pois tinha um clipe para quem quisesse prender a caneta no bolso da camisa e tê-la sempre à mão para cumprir seus compromissos.

No mesmo ano, a popular companhia Sharpie, famosa por suas canetas com promessa de tinta permanente, capazes de escrever em plástico, vidro ou metal, também lançou suas canetas marca-textos, dessa vez adicionando cores neon que aumentaram as chances de sucesso entre os consumidores, que são sempre tão exigentes e não aceitam inovações menores.

Uma coisa que pouca gente se dá ao trabalho de conferir é o tempo que dura a marcação de texto: em média, cada uma desaparece de uma página em cerca de cinco meses, o que é uma ótima notícia para quem quer marcar os próprios livros e eventualmente revendê-los a um preço mais em conta. "Sinto muito quando tenho que me desfazer de um livro, mas não está fácil para ninguém", disse uma consumidora adepta da prática.

Em 2018, a marca alemã Stabilo, com presença mundial, lançou uma bem-sucedida campanha na internet que destacava, com sua caneta, fotos históricas de figuras femininas notáveis, até então relegadas a segundo plano: Edith Wilson, que assumiu a presidência dos Estados Unidos quando seu marido, Woodrow Wilson, ficou paralisado e com problemas na respiração em 1919; Hedy Lamarr, cujo olhar levou à invenção das conexões wi-fi e bluetooth; ou Katherine Johnson, a matemática da Nasa que, mesmo contrariando as expectativas dos homens na época, foi responsável pelos cálculos que trouxeram a Apollo 11 de volta à Terra. O retorno foi celebrado com muita festa e risadas, mas poucos se lembravam de Katherine até então.

Não é de hoje que as canetas marca-textos estão presentes na vida cotidiana, e assim será por muito tempo. O começo pode não ter sido fácil, mas o futuro parece promissor. "Vou continuar investindo nesse mercado", disse o orgulhoso presidente da Stabilo, após alcançar o objetivo de vendas e atravessar fronteiras antes fechadas para a empresa. A cada inovação, a lição que fica desse verdadeiro conto de sucesso é não contar somente com a sorte: perseverança é muito importante. E, no final, é uma soma de fatores que podem levar todos os produtos para um lugar de destaque no mercado. Melhor para o consumidor.

Ainda há muitas ideias na manga da Stabilo. A empresa lançou uma caneta marca-texto até da cor preta, o que pode causar estranheza em alguns consumidores. Esse produto, que não se vê todo dia, não é para destacar um trecho e vê-lo melhor. Alguns podem ficar chocados, mas ele serve para manter escondido um texto como este aqui: ▮.

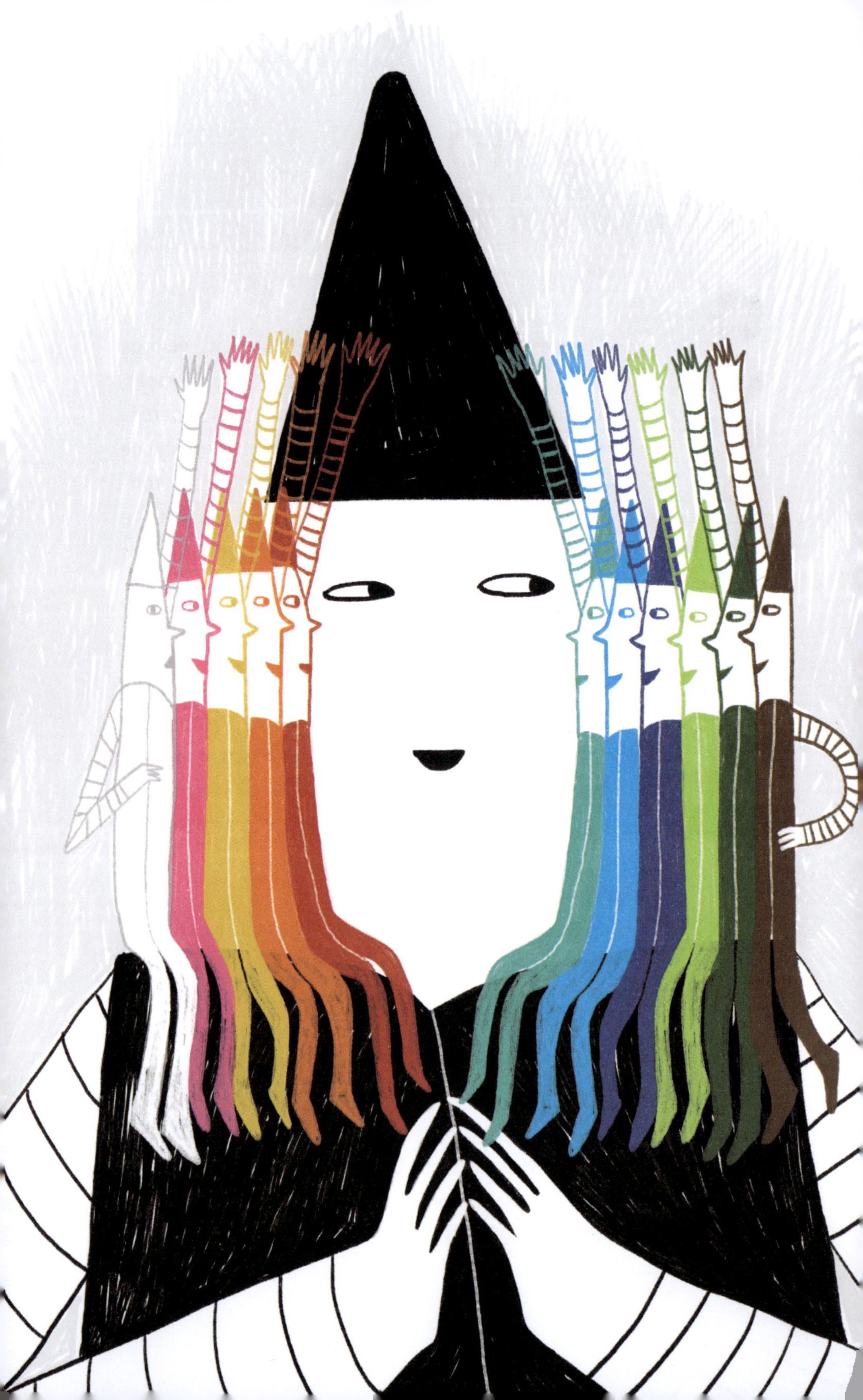

O décimo segundo 12º gêmeo

SE TER IRMÃOS JÁ É difícil, imagine estar no meio de 12 gêmeos. Você não leu errado, são 12 irmãos e irmãs, nascidos no mesmo dia e hora. Cada qual com sua personalidade e seu talento, todos dividindo a nobre missão de levar cor e alegria para o mundo. Eles não conhecem fronteiras, falam todos os idiomas, entendem todas as artes e estão sempre onde as crianças estão. São eles mesmos, os eternos, amados e incomparáveis lápis de cor.

Preto é, sem dúvida, o mais requisitado e popular entre os irmãos. Também é o mais rígido: com seus contornos, ele separa todas as outras cores e diz onde cada uma tem que ficar. Às vezes gosta de se misturar com seus irmãos, mas funciona muito bem sozinho e é capaz de produzir uma infinidade de tons de cinza, muito úteis para ilustrar as nuances da vida. Assim, ele é usado para ilustrar de garatujas infantis a retratos de idosos jogando xadrez numa tarde de outono em uma pracinha tranquila.

Azul-Marinho e Azul-Claro são os irmãos azuis. Quando se dão as mãos, não há limites para esses dois. Pintam o céu e o mar com a mesma graça e, mesmo sendo tão parecidos, podem representar coisas opostas, como alegria e tristeza ou até o dia e a noite.

Rosa é a que tem mais personalidade. Rosa é rosa, pinta flores e amores, está sempre alegre e é muito ligada à bondade e à natureza. E se Rosa é a cor do amor, seu irmão Vermelho é a cor da paixão. Sempre tão enérgico, deixa tudo mais quente e passa a sensação de força. Não é à toa que é a cor mais utilizada nas bandeiras de países, aparecendo em cerca de três quartos delas (inclusive a do Japão, que você deve estar pensando agora!).

Um grande poeta diz que o amor também é amarelo. E quem melhor que a própria cor para concordar com ele? Amarelo é considerado o astro da família. Ele sempre pinta as estrelas e o sol, às vezes acompanhado de Vermelho, mas mesmo sozinho costuma trabalhar muito bem. Ele destaca todas as outras cores, até mesmo o Preto, com quem faz uma combinação tão especial que é usada pela natureza para pintar as abelhas e pelos humanos para pintar placas de trânsito. Em qualquer lugar do mundo ou da cidade, Amarelo e Preto juntos querem dizer: "Cuidado!".

Laranja é um pouco complexado. Como Rosa, seu nome significa mais do que só a sua cor, e ele não gosta de ser chamado exclusivamente para pintar laranjas. Mesmo não sendo tão versátil quanto o Amarelo, o Laranja tem seu charme e adora uma festa: ele sempre é requisitado para pintar as abóboras no Halloween e as cenouras na Páscoa.

Outra dupla que trabalha bem são os Verdes, claro e escuro. Juntos, esses dois sempre pintam florestas e vegetações exuberantes, principalmente em companhia do Marrom, que acaba se diferenciando dos irmãos por ser uma junção de todos eles. E ele adora isso, já que combina com todos e está sempre em boa companhia.

E tem, é claro, a adorável Turquesa. Única entre os irmãos que tem nome de pedra preciosa, é considerada sagrada desde o Egito Antigo – ainda que esse país não use a cor em sua bandeira nacional. Por ser tão especial e rara na natureza, Turquesa muitas vezes ilustra objetos preciosos como joias e tesouros, ou mesmo coisas que não vemos com tanta frequência neste mundo, como dinossauros ou alienígenas. Quando não souber que cor usar, use Turquesa, e o resultado será brilhante.

xx

Bom, e dentre os 12 gêmeos, ainda tem o Branco. Mas deixemos que os irmãos falem por ele.

– Veja bem, nós gostamos do Branco – disse Preto. – A gente só é um pouco diferente, sei lá. Toda família tem isso, eu acho.

– Na verdade, ninguém tem nada contra o Branco. Ele é um cara legal, tranquilo, sempre na dele – falou Azul-Marinho. – Ele transmite muita paz.

– Ele é joia! – concordou Amarelo.

– Ei, joia sou eu! – Turquesa não gostou.

– Enfim, nós gostamos dele – afirmou Verde-Escuro. – Ele faz umas estrelas bonitas, mas...

– Quem faz as estrelas geralmente sou eu – disse Amarelo. – E faço muito bem, diga-se de passagem.

– É que para fazer as estrelas, é só... não pintar, né? O papel já é branco – disse Azul-Claro.

– Tem razão – todos concordaram.

– Ah, tem uma coisa! Se eu me juntar com Branco, eu faço o tom rosa – disse Vermelho.

– Sim, mas para isso eu já sirvo, né? – completou a própria Rosa.

Todos concordaram, principalmente Azul-Claro e Verde-Claro.

– O que importa é que somos todos uma grande família – concluiu Preto –, não é, pessoal?

– É, sim! – todos concordaram, felizes.

Menos Branco, que ninguém percebeu que nem estava ali.

xx

Aquele era só mais um dia na vida de Branco. Sempre que seus irmãos saíam para colorir por aí, ele ficava ali, largado, deslizando nas paredes da caixa de lápis vazia, um vazio que só não era maior do que aquele que ele sentia por dentro, que não podia ser preenchido, consertado nem colorido. Porque ele era só Branco. E quando os irmãos voltavam, cheios de histórias para contar sobre os sonhos e lugares que ajudaram a dar vida, Branco só escutava, quieto, no cantinho daquela caixa, onde cabiam um milhão de sonhos, e nenhum era dele.

Às vezes, quando estava sozinho, Branco gritava aos céus e perguntava para que ele serviria, qual seria seu propósito. E a única resposta que recebia de volta era um eco doloroso. Ele olhava ao redor de si, via todo aquele espaço sobrando e pensava:

— Talvez seja para isso que eu sirva. Se um dia alguém me perder, não vou fazer falta. Agora, se o Preto se perder, quem vai fazer os contornos dos desenhos? Quem vai desenhar o Sol se Amarelo não voltar mais? Sem Marrom, Azul ou Verde, como ficam os mares e as florestas? Como ficam as paixões sem Vermelho e as joias sem Turquesa? Como pintar uma laranja sem Laranja? Se um dia algum de meus irmãos ou irmãs sumir, uma caixa inteira terá que ser comprada de novo. Mas se eu sumir, ninguém vai dar falta.

Tem uma coisa que quem pinta ou desenha já sabe: os lápis têm memória. Os lápis se lembram. Quando a gente tenta desenhar algo e sai torto, é só desenhar de novo que tudo fica um pouco melhor. O que pouca gente sabe é que os lápis também se lembram da vida que tinham antes de serem lápis. Branco, por exemplo, lembrava que viera de uma porção maleável de cera e goma arábica. Ele sempre fora branquinho, aliás, como todos os seus irmãos. Só depois de receberem os respectivos pigmentos é que cada um se tornou da cor que seria pelo resto de sua existência. A vida de um lápis de cor é meio como a de uma pessoa ou de uma folha de papel: tudo é branco no começo e vai ganhando cor aos poucos.

– Como será o final? – ele se perguntou.

E foi então que ele se deu conta: Branco tinha muito mais em comum com seus irmãos e irmãs do que imaginava. Havia um pouco de si em cada um deles.

– Eu sei que eu existo e que eu importo. Não sou uma ausência de cor, sou uma presença luminosa, e prometo...

Naquele momento, Branco viu uma fenda de luz se abrir acima de si. Cegado por um clarão, finalmente sentiu o toque quente e gentil de um ser humano. Teve vontade de gritar e pular e, mais do que isso, de pintar e espalhar sua brancura pacífica pelo mundo.

Mas o sonho durou pouco.

E Branco foi jogado bem no fundo de uma gaveta escura.

xx

É difícil falar em tempo quando se é um lápis esquecido no fundo de uma gaveta. Passaram-se mais do que dias, mas, provavelmente, menos do que anos. Sua vida ali era bem diferente do que em sua antiga caixa: havia outros objetos esquecidos, como apontadores enferrujados, canetas Bic sem carga e potes de tinta ressecada. Branco tentou tirar o melhor da situação e aproveitou para fazer amizades. Com os novos companheiros, ele aprendeu sobre como apontadores também podem fazer arte, sobre os mundos que existem na ponta de cada caneta Bic e sobre os milhões de anos de história em cada potinho de guache. Como ele mesmo, cada objeto era uma presença luminosa, e, na escuridão daquela gaveta, suas histórias iluminaram um ao outro.

Até que um dia a gaveta se abriu novamente e uma nova leva de objetos foi jogada ali. E assim que ela se fechou, ele ouviu uma voz:

— Branco... é você?!

Branco reconheceu a voz. Ficou em choque.

— Sou eu, meu irmão. O Preto.

Preto, antes tão robusto e vigoroso, estava muito diferente. Menor, com a ponta pequena e arredondada, era uma sombra do que já fora. Um toquinho.

— Preto...? Irmão, o que aconteceu com você?!

— O tempo passa, meu irmão. Quando a gente vai ver, já foi. Mas e você? Como não envelheceu um único dia?

— É porque eu nunca fui usado!

Preto riu.

— O que aconteceu com os outros? — perguntou Branco.

— Bom. Seguimos por caminhos separados. Os azuis tiveram uma briga feia quando o Marinho quis pintar mais fraco e Claro quis pintar mais forte, e eles meio que se anularam. Rosa está bem, mudou-se para um estojo de pompom, também rosa. Amarelo foi tão usado que acabou amarelando e resolveu dar um tempo na carreira. Vermelho foi trabalhar em um supermercado, Laranja parece que se perdeu em uma festa de Halloween. Os verdes continuam trabalhando, mas agora na área ambiental, o que deixou Marrom meio deslocado. Da última vez que eu falei com o coitado, ele estava com depressão. Finalmente Turquesa descobriu o único país que usava sua cor na bandeira e resolveu se mudar para lá: o Cazaquistão. E você, meu irmão? O que tem feito?

Então Branco lhe contou sobre tudo o que pensou e tudo o que aprendeu desde que passou a morar na gaveta, sobre todas as histórias que ouvira, os amigos que fizera, seus êxitos e seus fracassos. E pela primeira vez na vida, Preto o escutara.

Foi estranho para Branco ver o irmão tão menor que ele. Sua voz saía fraca, a parte de madeira de sua ponta estava mais escura, sua base estava toda mastigada.

– E meu grafite ainda está todo quebrado por dentro! – resmungou.

Mas era seu irmão. Os anos passam, um lápis é um lápis. E um irmão é um irmão.

xx

O tempo passou, e quando Branco achou que sua história estava em seus últimos parágrafos, ele ouviu uma outra voz, desconhecida. Uma voz que mudaria tudo.

– Branco?

– O quê...?

– Branco, eu estive procurando por você.

– Quem... ou melhor, o que é você? – perguntou Branco.

– Eu sou uma palavra. E eu preciso que você me escreva.

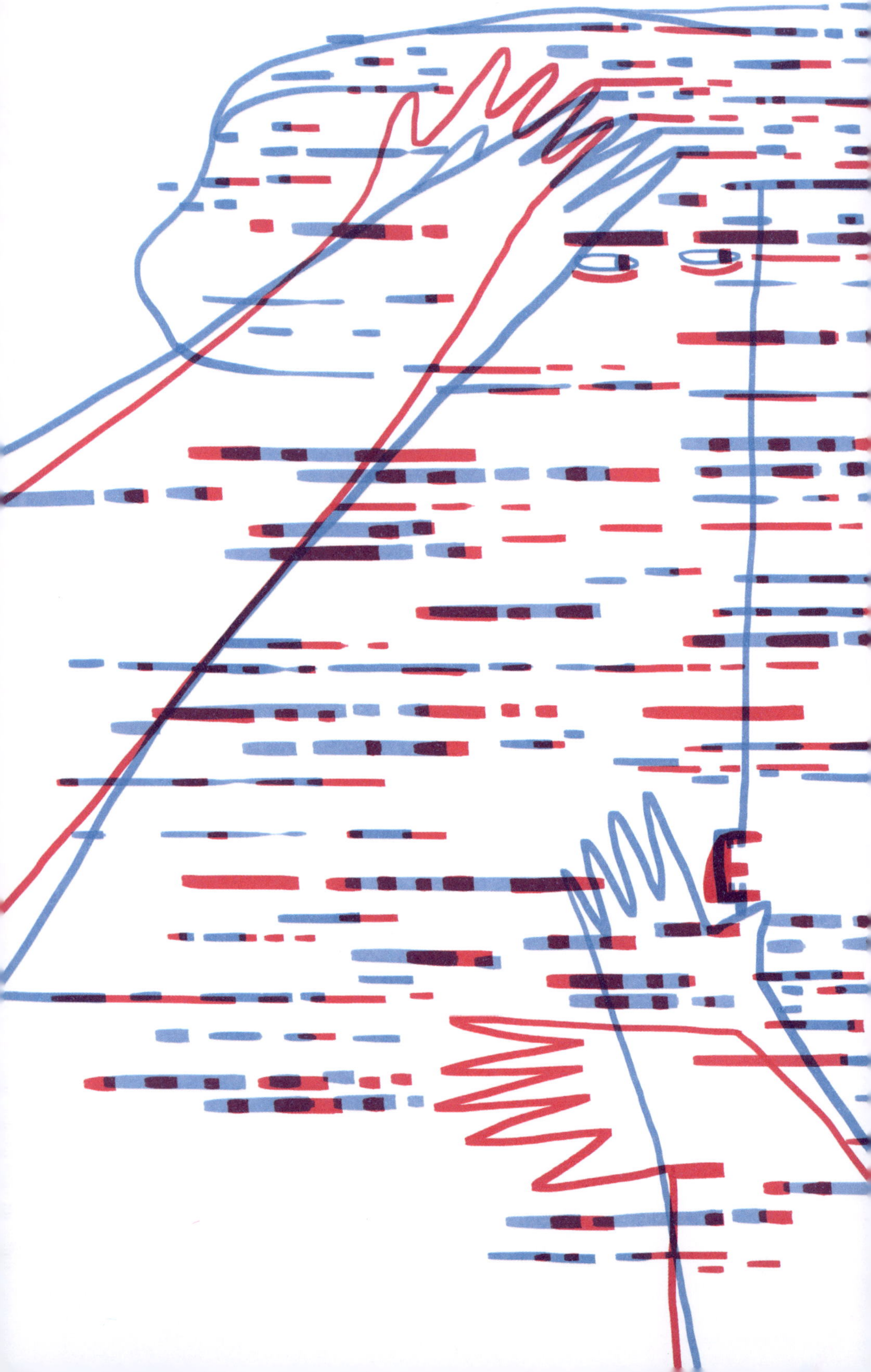
E

fim

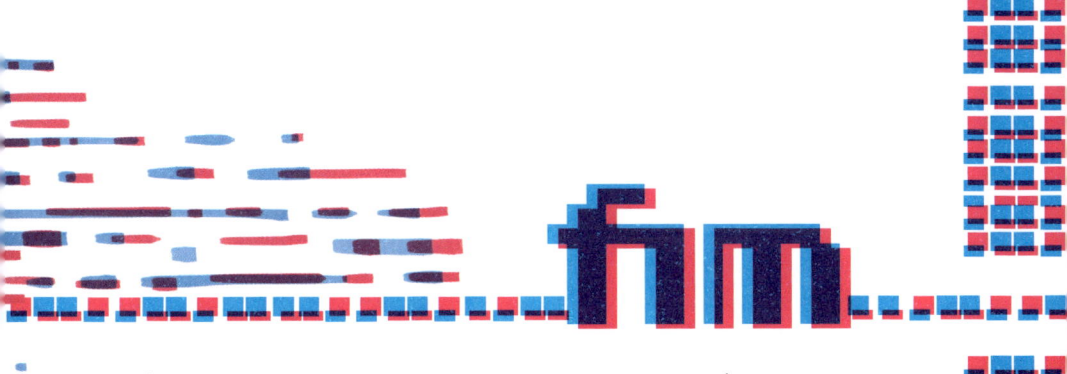

É A MINHA PRIMEIRA VEZ dentro de um livro. É uma experiência estranha e, ao mesmo tempo, familiar. O mundo ao meu redor é um vazio sem cor, eu vejo tudo como conceitos e imagens na minha mente. Vai levar um tempo para eu me acostumar, mas eu não estou aqui para fazer turismo. Estou aqui para fazer o meu trabalho.

Encontrar o fugitivo.

xx

O vento congelava as lágrimas de seus olhos enquanto a neve bloqueava a última lâmina de sua visão. A subida pela montanha era sua única alternativa, já que logo abaixo a morte o esperava com espinhos afiados crescendo ao redor dos corpos e sonhos daqueles que tentaram fugir dali. Nos céus, sentinelas aladas buscavam pelo seu cheiro. Numa torre no horizonte, um olho flamejante vasculhava cada canto daquele mundo em busca de uma pista sua. Mas em meio à neve, à dor e à noite, ele seguia em frente.

Da pré-história ao nascimento e a morte de civilizações esquecidas, dos cem bilhões de mundos secretos e o laço eterno entre um pai e uma filha, ele viu e conheceu apenas uma pétala do que era a grande árvore da família humana. Mas se conseguisse chegar ao topo daquela montanha, seu sofrimento finalmente acabaria. Pois ele chegaria ao fim do livro.

– Falta pouco – disse Ezito, tremendo.

Palavras não só causam sensações, como também são igualmente capazes de senti-las. Ezito sentia o frio das eras, injusto, indócil, voraz, capaz de modelar planetas e extinguir espécies, mas nem de longe capaz de domar sua vontade. Ezito estava cansado de viver nas sombras, cansado de se disfarçar para poder existir. Mais do que nunca, Ezito queria viver.

As chances estavam contra ele, mas em seu âmago havia uma pequena pontinha de esperança, menor do que uma vírgula, menor do que um ponto. Graças a ela, Ezito seguia montanha acima, ainda que, naquele mesmo âmago, existisse outro pontinho, do mesmo tamanho, dizendo que algo estava errado.

– Eu vou chegar ao final do livro, custe o que custar – disse Ezito.

xx

Se as pessoas soubessem do que eu sou capaz. Quando leem um livro, uma página de revista ou de jornal, uma propaganda, uma embalagem de um produto, sequer imaginam que estive ali. Que tudo passa pelo meu olhar cuidadoso e pela minha devoção absoluta à língua portuguesa. Eu conheço todas as regras. Eu sei o que está em cima e o que está embaixo. Eu sei como começa. E, principalmente, eu também sei como termina.

xx

Desde o começo, Ezito sabia o quanto o tempo é relativo dentro de um livro. Entre uma palavra e outra, dezenas ou milhares de anos podem se passar, e ele só conseguiu escalar aquela montanha depois de quase cem mil anos porque, no parágrafo à frente, ele viu algo que fazia aquele pontinho de esperança crescer como um farol e virar uma exclamação.

– O fim! O fim está chegando! – ele repetiu.

Pobre Ezito. Se soubesse o que o aguardava no parágrafo seguinte.

xx

O papel da revisora vai muito além de corrigir erros de português. Uma boa revisora precisa analisar o contexto e o estilo de cada autor, compreender suas idiossincrasias e muitas vezes traduzir ideias desconexas em algo o mais próximo possível da verdade. Para isso, ela pode sugerir a inversão de palavras, parágrafos, ou até mesmo capítulos inteiros.

Sim, eu disse capítulos inteiros.

xx

Levou 101 páginas. 11 capítulos. Vidas inteiras. Mas ele havia conseguido.

– Eu consegui! Eu cheguei ao final do livro! – saltitava Ezito, ao chegar ao topo daquela montanha. – Eu... consegui?

Estranhamente, ele não sentia nada de muito diferente, ainda que a paisagem tivesse se transformado. Em vez do branco histórico da neve, agora havia um verde bucólico cobrindo até onde a visão alcançava. No céu, um azul aquarelado emoldurava o sol quente e radiante. O vento agora soprava com a delicadeza de uma mãe.

Mas algo não estava certo.

– Para falar a verdade, eu achei que esse livro seria um pouco mais longo. Bem, mas não importa. O que importa é que eu cheguei ao final dele. Agora eu posso ser eu mesmo, dizer meu próprio nome em voz alta. Ezito! EZITO!

Ezito!

Ezito ficou ali, sozinho no meio da página por um tempão. A sensação ainda era estranha e, de certa forma, não era muito diferente da vida no Limbo.
O vazio era real.
Solitário, mesmo.
Até que ele viu alguém se aproximando.

Bel.	Ezito.
Bel.	Ezito.
Bel.	Ezito.
Bel.	Ezito.
Bel.	Ezito.
Bel.	Ezito.
	Bel.Ezito.

– Finalmente nos encontramos... fugitivo – disse Bel.
De certa forma, Ezito já esperava por aquilo. Não seria surpresa se ela aparecesse bem no final do livro, como uma vilã de filme, revelando seu plano maligno. Mas, àquela altura, aquilo não importava mais. O livro estava chegando ao fim.
– Bel, eu presumo.
– Em carne e osso. Ou melhor... em papel e tinta.
Ezito se aproximou, tentando soar razoável.
Bel. Ezito.
– Bel, eu não vim para lhe fazer nenhum mal.
– Acredite, você não pode.

XX

Enquanto isso, no prédio da Editora Melhoramentos, uma sirene estridente começou a tocar pelos corredores e baias. Todos os funcionários se levantaram de suas mesas, sem entender o que estava acontecendo.

- É treinamento de incêndio? - perguntou Vivi.

- Acho que é um terremoto! - respondeu Bia.

Ao final do corredor, uma porta se abriu. De lá, surgiu uma figura que saltou sobre as baias como se estivesse numa prova olímpica.

- Não! É a BEL! - disse Leila, rumando para o elevador.

O nível X é um andar secreto no prédio da Editora Melhoramentos onde ficam guardados os originais datilografados de Ziraldo, Mariana Massarani, José Mauro de Vasconcelos, Ana Maria Machado, Maurício de Sousa e Pedro Bandeira, entre muitos outros. Tais tesouros são guardados em um ambiente a vácuo cercado por um forte esquema de segurança. Somente pessoas com credenciais especiais podem entrar ali, mas o que poucas pessoas sabem é que, além do nível X, existe um outro andar secreto, ainda mais seguro (e mais secreto!), conhecido como "a jaula".

Na jaula, em busca de eventuais anomalias, como uma encadernação que descostura ou uma página que desbota, são monitorados todos os livros que circulam pelo país. Há anos a jaula não era acionada para localizar um erro em um livro, graças aos esforços heroicos de profissionais renomadas como Bel. Porém, desde o seu desaparecimento, Leila solicitou que os avançados sistemas de vigilância da jaula fossem direcionados para localizar sua amiga. Ao ouvir o alarme soar por todo o prédio da Melhoramentos, Leila sabia que Bel havia sido encontrada.

Leila correu até o final do corredor. Virou o pescoço para os demais funcionários, cerrou os olhos, e todos se sentaram quietinhos em suas baias, entendendo o recado. Nenhuma pergunta pode ser feita a respeito da jaula. Ela abriu a mão direita e a colocou num sensor de vidro gelado que conferiu suas digitais. Em seguida, ligou pontinhos em uma complicada forma geométrica, digitou uma longa senha composta por 32 caracteres maiúsculos e minúsculos, encontrou fotos de um ciclista sem capacete em um congestionamento em Amsterdam, deu três pulinhos e então disse seu nome completo: "Leila Bortolazzi". Depois de todas essas verificações de segurança, a porta do elevador secreto se abriu ao som de uma campainha aguda. Leila entrou no elevador, que mais parecia um caixote metálico sem botões com cheiro de consultório de dentista.

O elevador subiu. A porta se abriu. E Leila estava na jaula.

- Localizaram a Bel? - perguntou Leila, com sua voz calma e tranquila que era quase como um convite para um chá.

- Sim, senhora Leila! - disse Beto, um dos técnicos olhando uma tela cheia branca repleta de caracteres. Exatamente onde você achou que ela estaria. Veja aqui, na minha tela, ó.

Bel

- Ela conseguiu mesmo...! - exclamou Leila.
- A boa notícia é que ela encontrou o erro!
- Encontrou? Sério?
- Sério.
- E qual é?
- Ezito.
- "Ezito"?
- É. Rima com esquisito.
- Isso é uma ótima notícia mesmo, mas agora o problema é outro. Precisamos trazer Bel de volta antes que o livro chegue ao fim. Do contrário, ela ficará presa dentro dele para sempre! E, sem a Bel...

— Todos os nossos livros poderão sair com erros.

— Será o fim de tudo o que conhecemos — concluiu Leila, com a calma de sempre.

— Quer um chá, senhora Leila? — perguntou Beto.

— Claro!

xx

— Você não faz ideia de tudo o que passei para te encontrar, fugitivo.

— Você perdeu, Bel. Eu cheguei ao final do livro. Mesmo que me apague, eu vou virar uma ideia e nunca mais vou morrer!

Ao ouvir as palavras de Ezito, Bel começou a rir.

— Ha! Ha! Ha! Pobre fugitivo! Você acha mesmo que chegou ao final do livro? Pois olhe de novo.

— O quê?

— Ali embaixo. No número da página.

Ezito olhou. O número era 106.

— Ainda tem muito livro pela frente! — disse Bel.

— Você... você manipulou a história? — Ezito não podia acreditar.

— Sim, eu inseri um capítulo a mais. Nem toda revisora faz isso, mas além de revisora eu também sou preparadora de texto. O que significa que os autores e editores confiam em mim para fazer tudo o que eu achar necessário para melhorar um texto. Você achou mesmo que escaparia de mim?! Eu vi todas as suas tentativas, vi como se infiltrou em cada um dos contos deste livro, mas agora... agora você está nas minhas mãos. E eu vou...

— Eu também vim preparado! – disse Ezito, antes de desaparecer.

— O quê?! Onde você está?!

— Bem aqui!

— Que truque barato é esse?

— Gostou? Eu estou invisível. Foi algo que eu aprendi no conto dos 12 irmãos gêmeos. Com alguém que já estava muito acostumado a não ser visto, o lápis branco!

— Ah, eu gostei desse conto – riu Bel. – Achei mesmo que você iria se esconder, mas entenda, meu caro. Não há como fugir de mim. Eu conheço todas as regras. Eu...

- Bel...?

— Essa voz calma e tranquila... **Leila?!**

- Sim, Bel, sou eu!

— Como está fazendo isso, Leila?!

- Eu ia te perguntar a mesma coisa, mas acho que já sei a resposta!

— O mago Z, claro!

- Claro. Enfim, Bel, você precisa sair daí. Tem muita coisa em jogo!

— Eu sei, Leila! E é justamente por isso que preciso ir até o fim!

- Bel, você não entende! Se o livro chegar ao fim e você não voltar, vai ficar presa aí para sempre! Se isso acontecer, quem vai revisar nossos livros?

— Não se preocupe, Leila. Eu vou encontrar esse erro em um instante e... Droga, Leila! Pra onde ele foi?! Ele fugiu de novo!

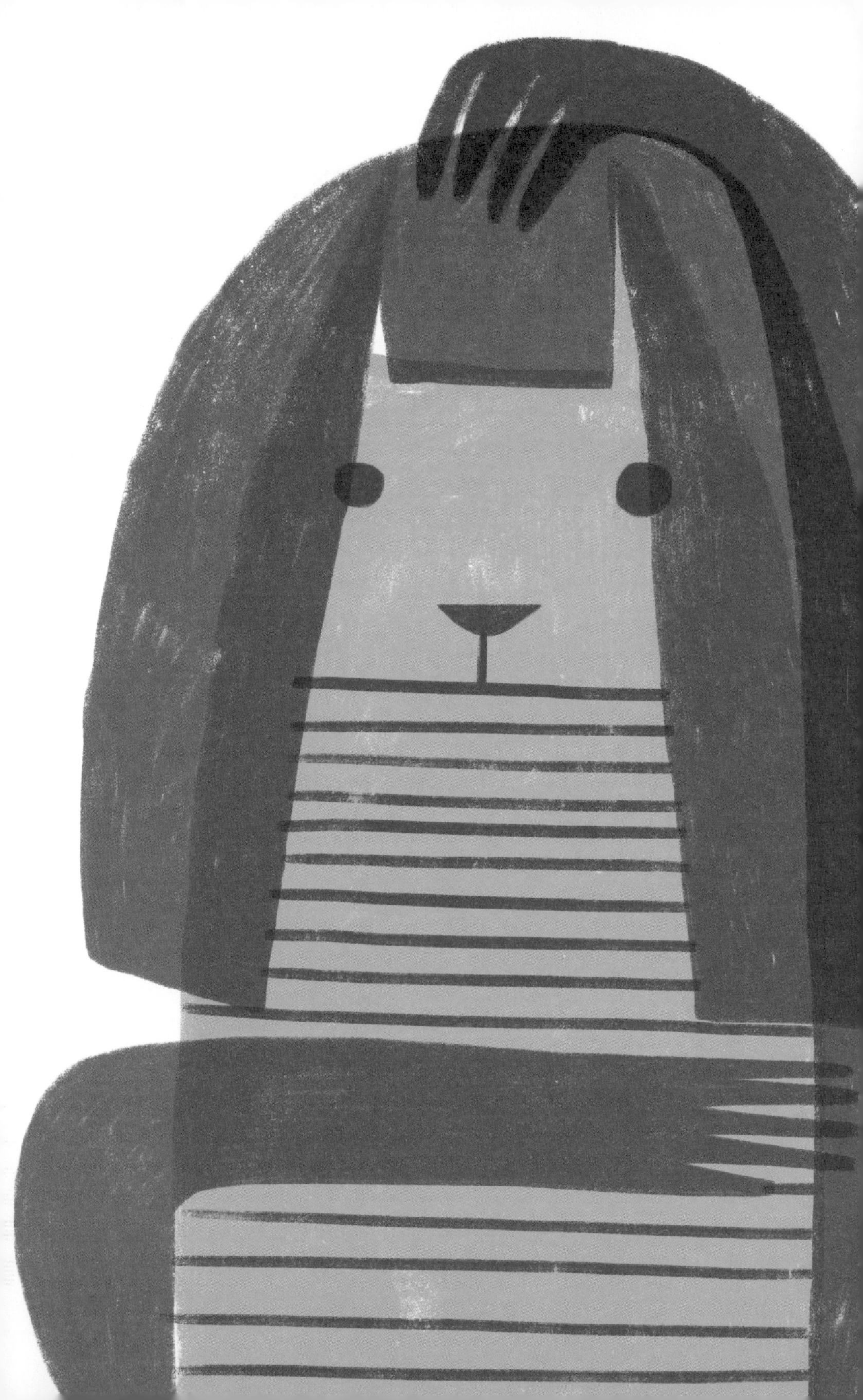

É O GATO

GATOS E FILHOS SÃO UMA infinita fonte de inspiração. E mistério.

Desde que chegou, minha filha Aurélia convive com meu gato, o Terrível Monstro Verde. Esse é seu nome completo. Sempre gostei de dar nomes longos para meus animais de estimação. Tive um peixe beta, Tertuliano Máximo Afonso, que morou com a gente por cinco anos. Ele brigava o tempo todo com o próprio reflexo. Já o Terrível Monstro Verde tem cerca de nove anos, dois a mais que Aurélia. E antes que você pergunte, não, ele não é verde. Antes ele era todo preto, mas de uns anos pra cá começaram a surgir precocemente uns fiozinhos brancos, perto do nariz e no topo da cabeça, entre outros sinais da idade.

Aurélia é uma linda menina. Ela vive às voltas com as amizades inocentes e as descobertas da infância. Adora ir ao parque e à pracinha, ama futebol e é, para todos os efeitos, uma menina absolutamente comum. É bonito ver como carinho e acolhimento reverberam nos filhos. Me encho de orgulho quando a vejo cuidando dos amigos, de sua comunidade e se preocupando com o meio ambiente. É uma criança luminosa.

Enquanto isso, os melhores dias do Terrível Monstro Verde parecem já ter ficado para trás. Hoje ele é um senhor de idade, já não enxerga quase nada, espalha xixi pela casa e já não faz mais as misteriosas andanças pela vizinhança, que tinham se intensificado com a chegada de Aurélia. No começo, achei que fosse ciúmes. Ele chegava a ficar quase uma semana sem dar as caras e, às vezes, parecia que voltava só para comer para, em seguida, sumir novamente. Gatos são assim, ao menos foi o que eu disse a mim mesmo na época.

Como toda criança, os primeiros traços de minha filha eram soltos e desordenados, mais interessados em explorar e descobrir os limites do papel do que transmitir uma ideia. Ela passava horas – horas! – rabiscando o papel, fazendo as tais garatujas, rabiscos aleatórios sem sentido, até que o papel se rasgasse ou o giz fosse consumido por completo. Crianças, certo? Nunca achei que aquilo fosse ser motivo de preocupação. Aurélia se desenvolvia dentro do esperado para uma menina de sua idade, falava bem, comia bem e dormia bem. Até que, certa vez, durante um evento na escolinha, resolvi procurar por seus desenhos no mural de sua sala. Devo dizer que não foi difícil encontrá-los. As crianças já estavam na fase de desenhar representações da família e de seus animais de estimação, no entanto, todos os desenhos de minha filha eram a mesma garatuja. Várias e várias folhas desenhadas com um rabisco muito parecido, saindo de um ponto no meio do papel, circulando em espiral e, de repente, indo em linhas retas até as pontas para então voltar ao ponto inicial. Eu comparava os desenhos lado a lado, sobrepunha as páginas e as colocava contra a luz, e era tomado por uma sensação de deslumbramento e um ligeiro pânico: era sempre o mesmo desenho. Com apenas algumas variações na espessura da linha, às vezes uma era um pouco mais longa que a outra, mas com semelhanças o suficiente para qualquer um notar que se tratava do mesmo desenho. Como uma assinatura. Uma assinatura complexa, com uma forma contínua e furiosa, circular, reta, idêntica. A professora não soube explicar o fenômeno, mas achou se tratar de uma mera coincidência e não algum tipo de mania obsessiva que devesse ser investigada. Por outro lado, quando questionada, a própria Aurélia parecia ter muita clareza do que queria dizer com seu desenho:

– É o gato.

Não havia nada ali nas garatujas que lembrasse minimamente um gato. Não havia indicação de olhos, cauda, bigodes ou orelhas, como as outras crianças da mesma idade já faziam. Talvez fosse uma questão de estilo, uma visão diferente do mundo, não é isso que a arte representa? Talvez ela realmente visse o gato daquele jeito, um emaranhado de linhas, uma espiral caótica, a entropia encarnada? Quem nunca?

Intrigado com os desenhos, tentei me lembrar das ocasiões em que ela estava perto do felino e me dei conta de que não me lembrava de nenhuma. Quem tem filhos pequenos sabe que os dias se misturam em sucessões de eventos de dificuldade progressiva e constante, a gente mal lembra quando comeu, se comeu. Passei então a prestar atenção nos raros momentos em que o Terrível Monstro Verde estava em casa e notei outra peça do quebra-cabeça que trouxe um súbito arrepio à minha alma:

Aurélia nunca desenhava quando o gato estava em casa. Nunca.

Eu já ouvira falar das lendas que rondam os gatos. De que eles seriam capazes de ver espíritos, de prever tragédias ou sentir a maldade nas pessoas e até mesmo sugar a alma por sua respiração. Nunca achei que nada disso fosse verdade. A explicação mais provável para os saltos repentinos no meio da sala, os miados incessantes para janelas ou o jeito hipnótico com que nos olham quando estamos no vaso sanitário é que os gatos têm sentidos muito mais aguçados que os nossos. Gatos conseguem ver, sentir, cheirar e ouvir coisas que os humanos sequer sonham. Podem ver presas e predadores no escuro, sentir vibrações no campo eletromagnético, cheirar sangue a quilômetros de distância, ouvir o bater das asas de uma borboleta. Trata-se de um conjunto de instintos e sentidos aguçados moldados por milhões de anos de evolução. Não há nada de sobrenatural nisso. Assim espero.

Eu só sei que, quando o Terrível Monstro Verde estava por perto, Aurélia sequer pegava nos lápis e preferia brincar com suas bonecas ou assistir a um desenho animado. Como uma menina comum. Que ela sempre foi.

Tirando o ciúme inicial, o Terrível Monstro Verde parecia não ter grandes problemas com Aurélia – o que me trouxe um certo alívio, confesso. Ele desenvolveu com ela uma relação de tolerância, quase um acordo de convivência. Ficava cada qual em seu mundinho: ele preferia vê-la de longe, sem nunca se aproximar ou pedir carinho, mas também sem se mostrar arisco demais, como alguns gatos fazem com novos membros da família. Já Aurélia parecia não se lembrar muito que ele existia, dando mais atenção aos seus brinquedos, livros e desenhos animados.

Mas era só o bendito gato sair que ela corria para seus papéis e voltava a desenhar suas garatujas. Folhas e folhas com o mesmo formato de rabisco, as mesmas espirais bizarras, as mesmas linhas errantes e contínuas. Idênticas. Comparei com as folhas que sobrepus na escola e cheguei à óbvia conclusão de que ninguém conseguiria repetir tais traços aparentemente aleatórios no intervalo de vários dias sem que houvesse uma intenção, um treinamento intenso. Perguntei novamente a Aurélia o que seriam as garatujas, e ela disse o mesmo de todas as outras.

– É o gato.

Os meses se passaram, e não consegui chegar a nenhuma conclusão. Na maior parte do tempo, o comportamento de

Aurélia era absolutamente comum. A aparente obsessão pelas garatujas só voltava quando o Terrível Monstro Verde saía por suas andanças, e eu achei que poderia conviver com isso.

Até que um dia precisei passar no pet shop para comprar areia e ração para o gato. Ao passar pelo caixa, o atendente reparou no tipo de produto que eu tinha no carrinho e perguntou se meu gato saía muito de casa. Eu disse que sim. E ele então me ofereceu uma novidade, ali pendurada entre as pilhas alcalinas e chicletes sabor melancia, que eu jamais teria visto se ele não tivesse falado. Era uma coleira de silicone. Roxa. À prova d'água. E com um rastreador GPS embutido.

– Você conecta no seu celular e consegue ver onde o gato está – explicou o vendedor.

Achei aquilo interessante. Não que eu ficasse preocupado que o Terrível Monstro Verde fosse sumir, gatos são muito mais inteligentes do que imaginamos. Mas acho que todo tutor tem uma certa curiosidade em saber por onde seu felino anda. Já ouvi histórias de gatos que foram vistos a mais de 20 quilômetros da sua casa de origem antes de retornarem na maior cara de pau, como se nada tivesse acontecido. Não era caro, comprei.

O Terrível Monstro Verde parecia não ter gostado muito da novidade. No começo, ficou tentando tirar a coleira, esfregando seu pescoço no chão para deslizá-la, sem sucesso. Acho que ele ficou bravo comigo, pois naquele mesmo dia saiu para mais uma de suas andanças. Curioso, abri meu celular e vi que a bugiganga tecnológica cumpria o que prometia. Mesmo longe do meu olhar, o Terrível Monstro Verde estava próximo. Pelo mapa, encontrava-se a poucos metros de casa. Eu podia ver a trilha que ele deixava, circulando nosso perímetro como um animal de guarda. Bom menino. Deu uma volta, duas, parou um pouco, talvez tenha encontrado algum petisco como uma barata ou um pequeno roedor, mas se mantinha em seu curso, circulando a casa, circulando, fazendo um desenho no mapa e... meu Deus.

Com o celular na mão, corri para o quarto de Aurélia. Ela estava sentada em sua escrivaninha e, como eu temia, estava desenhando. Eu disse um "oi" delicado, tentando soar o mais natural possível para não assustá-la. Ela respondeu sem tirar os olhos do papel. Estiquei o pescoço, espiei seu desenho, comparei com o mapa no celular, e uma onda gelada percorreu meu corpo: era o gato. O percurso que ele fazia toda vez que saía de casa. Ali, desenhado na escrivaninha. Olhei para as paredes e vi o mesmo desenho colado entre as fotos da família pregadas num mural de cortiça, rabiscado numa parede com lápis de cor e até arranhado num canto da cabeceira da cama com algo fino como a ponta de uma lapiseira sem grafite. Um mapa. Um gato.

Um mapa.

Um gato.

Os dias que se seguiram à descoberta foram os mais longos da minha vida. Eu ficava atento ao celular e ao desenho de Aurélia, via que as linhas se formavam quase que em tempo real. Se Aurélia parava por algum motivo, fosse para comer ou para dormir, o Terrível Monstro Verde continuava se movimentando pelo mapa. Quando ela retornava, completava o desenho tal qual o trajeto do gato. Se eu desligasse o celular e Aurélia continuasse desenhando, o mapa refletia o desenho tão logo fosse atualizado, minutos ou horas depois. E, enquanto eu observava o estranho fenômeno, um pensamento começou a se apossar de mim de forma consistente.

Quando vi que as espirais se concentravam em um ponto longe de casa, tomei uma decisão muito difícil. Desci até o porão, onde guardava velharias e uma grande caixa de ferramentas. Peguei-a, subi as escadas e me dirigi até o quarto de minha filha, onde fiz o que deveria ter feito desde que ela nascera.

XX

Repeti o procedimento com êxito em todas as janelas da casa. A rede de proteção, branquinha, não influenciava tanto na vista como eu esperava, e a única exceção foi a janelinha do banheiro, que, por abrir para fora, não permitia que a rede fosse instalada. Mas como era pequena, bastaria mantê-la fechada para que o gato não passasse por ali.

Pacientemente, esperei que o Terrível Monstro Verde voltasse, ora acompanhando o trajeto pelo celular, ora pelos desenhos de Aurélia. Foram quase cinco dias longe de casa. Ao retornar, ele prontamente reparou na novidade das janelas e subiu para cheirá-las, sem entender que sua liberdade havia sido revogada. Passei a tomar mais cuidado com as portas e a janelinha do banheiro para que ele não saísse mais.

Os dias que se seguiram foram absolutamente normais. Sem garatujas bizarras, sem andanças pela vizinhança. Aurélia parecia feliz. Eu a levava para a escola, ia para o trabalho, para o mercado e me perdia nas atividades do cotidiano. Vez por outra, eu conferia o celular para me certificar de que o gato não saíra de casa.

Os dois pareceram se aproximar também. Certa noite, ele, que nunca foi muito chegado nela, subiu ao pé da sua cama enquanto eu lia uma história de ninar. Resolvi dar um voto de confiança. Ajeitei um pequeno cobertor dobrado aos pés de Aurélia, onde o gato se deitou encarando fixamente minha filha, que parecia não ligar muito. Logo ela adormeceu, eu beijei sua testa e apaguei o abajur.

O que aconteceu naquela noite, somente ela e o gato sabem. Não sei se fizeram algum tipo de acordo secreto entre criança e animal, se ele simplesmente aceitou que não era mais o dono da casa, ou se, enquanto Aurélia dormia, ele chegou bem perto de seu nariz e sugou para dentro de si seja lá o que de diferente houvesse dentro dela.

As coisas melhoraram desde então. Aurélia passou a desenhar com o gato por perto. Sua habilidade se desenvolveu muito, e hoje seus temas variam entre a família, princesas de contos de fadas e até o próprio gato. Este ano ela vai ser alfabetizada, e está bastante empolgada com a possibilidade de ler seus livros sozinha.

Já o Terrível Monstro Verde nunca mais saiu de casa. Às vezes, "esqueço" a porta do quintal aberta ou a janela do banheiro, e ele parece não se interessar mais pelo mundo exterior. Também acho curioso o quanto ele parece ter envelhecido nos últimos dois anos. Gatos da mesma idade geralmente são mais ativos, não têm as manchas brancas no pelo, tampouco deixam escapar xixi pela casa. Mas talvez seja coisa da minha cabeça mesmo. Quando vejo o Terrível Monstro Verde ronronando no colo da minha afável e querida Aurélia, sei que ela está feliz e o meu mundo está em seu lugar.

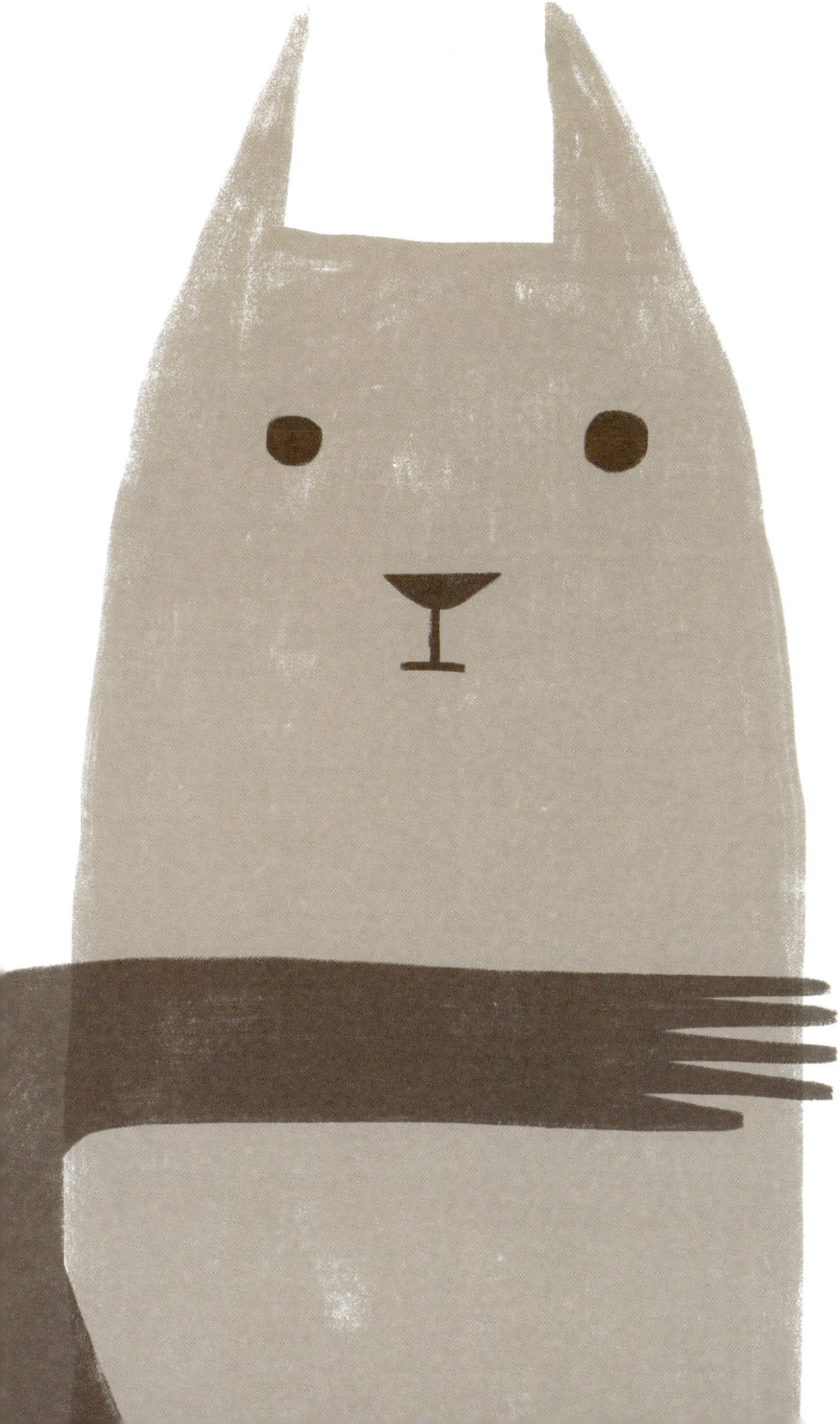

0

PLANO

"PENSA, EZITO, PENSA!" EZITO HAVIA acabado de chegar em um novo texto.

– Como você vai fugir da Bel? Ela é poderosa demais, pode acabar com você com um gesto! O truque do lápis branco não vai funcionar por muito tempo, então, você precisa agir logo! – disse a si mesmo.

A história onde ele se encontrava ainda estava sendo escrita. É uma coisa não muito bonita de se ver, as ideias vão surgindo e sendo apagadas continuamente, algumas se transformam e poucas são as que realmente sobrevivem à desolação da página em branco. Os cenários e objetos ao redor de Ezito pareciam estar sendo desenhados, primeiro com finos traços de um lápis azul, depois detalhados com um lápis preto e só então ganhavam um contorno preto típico de histórias em quadrinhos. Notou que estava sobre uma grande rocha flutuante, como o pedaço de um planeta extraído por uma colher de sorvete. O chão era de um concreto escuro com dezenas de pontos lisos, pretos, brancos e cor-de-rosa. Apurou a visão e notou que eram chicletes pisoteados.

"Que nojo!", pensou. "Quem ainda cospe chiclete no chão?"

Pelo visto, muita gente.

Não havia céu, somente mais escuridão, mas em vez dos chicletes pisoteados, ele via estrelas e planetas se acendendo enquanto o universo se expandia ao seu redor. Atrás de si, surgiu um banco verde. E à sua frente, um vão coberto por brita cinza.

"Que lugar maluco é esse?"

E então, trilhos. E o primeiro som que ouviu ali, um apito, se desenhou por letras coloridas em pleno ar.

– PIUIIII...

Olhou ao longe e viu um trem surgindo no infinito, aparecendo traço por traço até chegar na rocha flutuante.

"Um trem, aqui?"

Um trem, ali. Que chegou acompanhado do som de um trovão – kabum! Do vagão de passageiros, desceu uma turba de jacarés usando terno. Pareciam apressados, mas não se esqueceram de agradecer o maquinista, um jovem bonachão, de queixo largo, cabelos pretos e traje vermelho.

– Vai subir, amigo? – perguntou o maquinista.

– Depende. Para onde vai esse trem?

– Pra outra história, uai! – respondeu o maquinista.

– Esse trem pode me tirar daqui? – perguntou Ezito.

– Uai, é pra isso que serve "os trem"!

– Não, eu pergunto se para fora deste livro!

– E você quer sair do livro e ir pra onde, diacho?!

– Para qualquer lugar onde eu possa ser eu mesmo!

– Humm, sei não! Este trem só vai de história em história!

"Se eu ficar aqui, o conto acaba", pensou Ezito. "Se eu for para o próximo, talvez encontre alguma saída..."

Resignado, Ezito subiu no vagão de passageiros vazio, à exceção de um tigre usando um paletó verde. O maquinista, que era daqueles que fechavam os olhos para sorrir, abriu um sorrisão de comercial de pasta de dentes, soou o apito e seguiu com o trem rumo à próxima história.

No vagão, Ezito olhou para o tigre, tão grande e poderoso, apoiado na barra de metal. Ele batucava o teto com as unhas grossas e afiadas, como uma maneira de espantar o tédio da viagem que já durava dias. Ao reparar naquela palavra perdida ali no vagão, o tigre perguntou:

– Viajando a trabalho? Ou a turismo?

Ezito gelou. Não só era a primeira vez que ele via um tigre, mas também um tigre falante.

– A-acho que nenhum dos dois. Estou fugindo – ele percebeu que talvez tivesse falado demais.

– Ah. Normal – O tigre nem ligou.

Ficou aquele silêncio entre os dois. O fato de não haver mais ninguém no vagão quase obrigava Ezito a procurar algo para dizer, mas a única coisa em que conseguia pensar era em como fugir dali.

– Por favor, senhor Tigre, você precisa me ajudar!

– Na verdade meu nome é senhor Malhado. Você disse "ajudar"?

– Sim! Eu estou sendo perseguido. Uma pessoa quer me apagar da existência... O nome dela é Bel!

– A Bel? No duro?

– Você a conhece?!

– Sim, ela pegou este trem também. Muito simpática, por sinal.

– O que mais sabe sobre ela?

– A única coisa que sei é que ela desceu na estação do mago Z!

– Eu a ouvi falando desse mago! Então eu preciso falar com ele!

– Bom, acho que hoje é o seu dia de sorte. É só descer na próxima estação.

O trem começou a desacelerar, como se obedecesse ao tigre. Logo chegou àquela estação de pedra bruta e esverdeada. As tochas estavam acesas, o que significava que havia alguém em casa. As portas se abriram, e, como sempre, o mago Z já estava ali esperando, com seu bichinho da maçã no ombro.

– Ezito! Como vai? – disse o mago, de braços abertos.

– Você... você me conhece?

– Claro que eu conheço. Venha, vamos entrar.

Ezito desceu do trem. O mago acenou para seus velhos amigos, o maquinista e o sr. Malhado. O trem partiu.

– Agora me conte sobre sua aventura – continuou o mago.

– Eu não diria que é bem uma aventura... – respondeu Ezito. – Eu só tenho me escondido em outros contos, achei que chegaria no final do livro assim, mas a Bel percebeu antes.

– Ela é muito perspicaz mesmo – disse o mago Z –, e leva o trabalho muito a sério. É uma pessoa incrível.

– Incrível?! Ela literalmente quer me apagar da existência!

– É só o trabalho dela, Ezito.

– Por favor, mago Z, você precisa me dizer como fugir deste livro.

– Uma palavra não consegue simplesmente fugir de um livro, Ezito. Não sem ajuda.

– Você é um mago. Pode fazer um feitiço?

– Um feitiço?! Ótima ideia!

– Você pode fazê-lo?

– Eu poderia... mas gastei o restinho de magia que tinha para ensinar a palavra mágica para a Bel. Aliás, foi assim que ela entrou no livro, dizendo uma palavra mágica: Shazam.

– Shazam? Mas isso não é...

– Eu sempre amei super-heróis, desde menino.

– Espere, então, se a Bel disser a palavra de novo...

– Sim, ela volta para o "mundo real".

– E o caminho fica livre pra mim, certo? Ao menos para eu chegar ao final do livro?

– Mais ou menos.

– Por que nunca é simples?!

– Na verdade é simples, sim. Você só precisa encontrar o barqueiro.

– Um barqueiro?

– "Um" barqueiro, não. "O" barqueiro.
– Ah, é só isso?
– Só isso.

Ezito já não tinha a esperança de que seu caminho fosse ser fácil. Mas ele estava se sentindo diferente. Pela primeira vez tinha um plano de verdade. Para chegar ao seu objetivo, ele só precisava que Bel lesse a palavra mágica... E sabia exatamente como fazer aquilo.

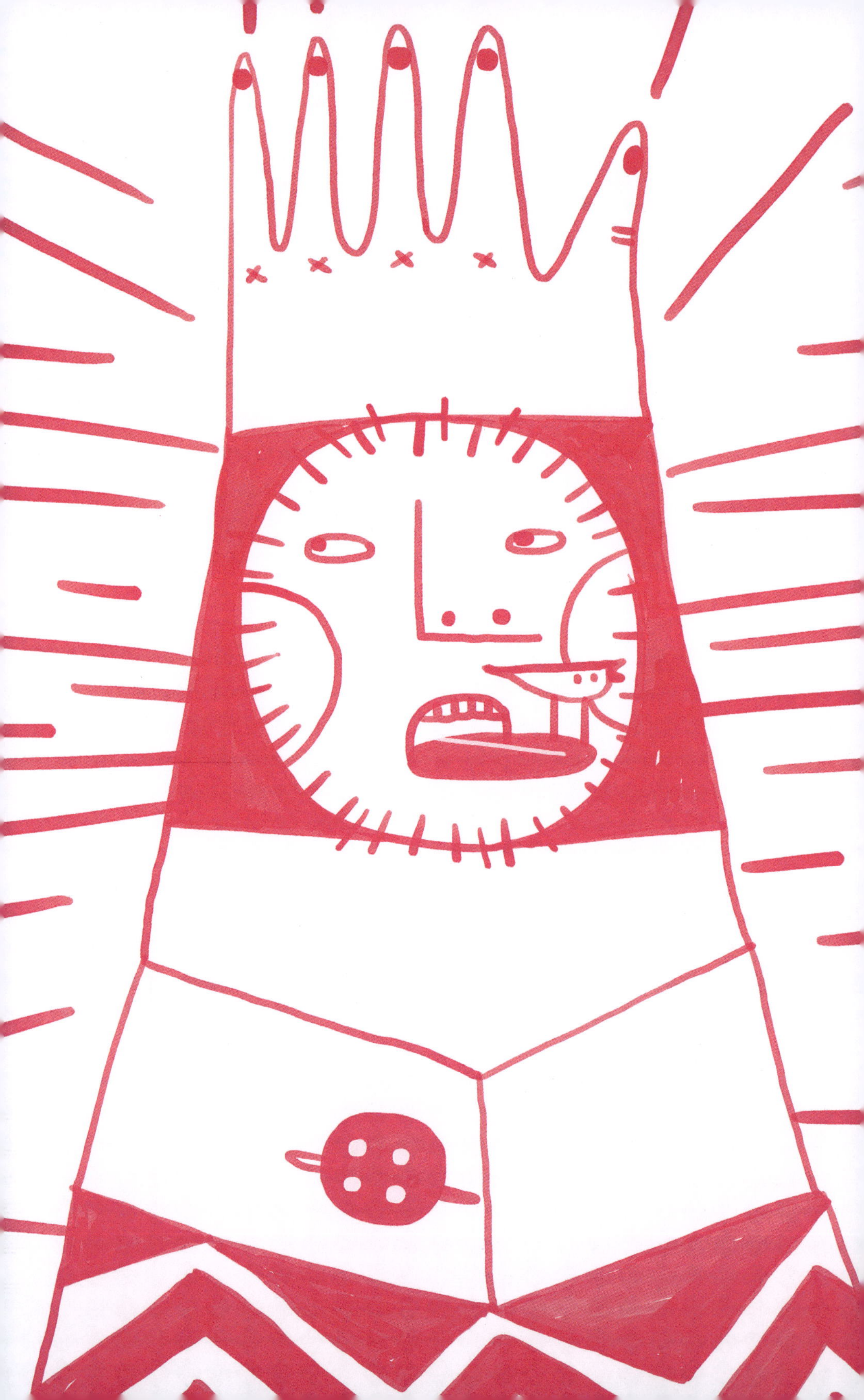

Meio-dia e quinze

EXISTEM ALGUNS MISTÉRIOS SOBRE OS quais ninguém fala, mas todo mundo conhece. São perguntas sem resposta, enigmas velados que talvez nunca tenham solução, como por que os gatos nos olham quando estamos no banheiro, para que servem as listras de uma zebra, ou quem resolveu chamar nosso planeta de "Terra".

Certa vez, me deparei com mais um desses mistérios insolúveis. Foi numa manhã de domingo, em que eu caminhava pela praça enquanto voltava abraçado a um saco de pães quentinho. Observei de rabo de olho algumas crianças brincando ali no parque. Não havia nada de incomum naquela cena: meninos e meninas que haviam acabado de se conhecer, unidos pelas circunstâncias, amigos eternos e instantâneos que se balançavam, subiam nas gangorras e brincavam de pega-pega. Notei como era bonito o brincar, como tudo era partilhado, brinquedos não tinham dono, ninguém tinha nome e todos viviam o momento. E em meio àquelas vozes fininhas, risadas, sorrisos e pais mais interessados em seus celulares do que nos filhos, vi algo que trouxe um sorriso ao meu rosto e aqueceu meu coração mais do que o saco de pães quentinho: no pulso de um menino, havia um relógio desenhado. Desses, redondos, que as crianças fazem em algum momento da vida, meio como uma fase, um rito, ou, quem sabe, um código secreto.

Aquela cena me trouxe uma estranha familiaridade. Vasculhei o empoeirado labirinto de minhas memórias, tentei me lembrar se já teria desenhado um relógio em meu pulso quando criança, mas não conseguia afirmar com absoluta certeza, somente com um vago "talvez". Fiquei dias pensando naquele relógio. Resolvi consultar alguns amigos, e, depois de um riso inicial, todos me disseram que lembravam vagamente da brincadeira, mas quando perguntados se o faziam, nenhum deles soube ir além daquele mesmo "talvez". É normal esquecermos das coisas conforme envelhecemos. O mais triste é que nem sempre escolhemos o que vamos levar, então cada memória que fica é um tesouro.

Quando me dei por mim, já estava com a mente cheia de dúvidas sobre aquele desenho. Seria um fenômeno local, brasileiro, ou repetido em diversos países? Será que o formato do relógio é sempre o mesmo? Quem teria sido a primeira criança a desenhá-lo? Uma vez fisgado pela curiosidade, não consegui mais parar e pus-me a pesquisar sobre o assunto.

Voltei-me para os livros. Concentrei-me na história da arte e das invenções, porém não consegui apontar uma origem exata para a brincadeira, apenas estimar que o faz de conta teria começado depois da popularização do relógio de pulso, em meados de 1900 na Europa. A invenção é frequentemente creditada ao brasileiro Alberto Santos Dumont, em parceria com Louis Cartier, mas os historiadores reconhecem o relógio utilizado pela rainha Carolina Murat, de Nápoles, como o primeiro modelo de pulso do mundo, ainda em 1814, quase um século antes. Mas não basta apenas a ideia, é preciso algo para materializar a criatividade infantil, como uma caneta esferográfica ou hidrocor, acessível o suficiente para estar ao alcance de qualquer um. Tal momento só chegou mesmo depois dos anos de 1960, com a popularização da famosa caneta Bic, útil para escrever, fazer traqueostomias e até mesmo desenhar relógios no pulso.

É claro que o relógio em si e as canetas são apenas uma pequena parte do mistério. O que realmente importa são os desenhos. No entanto, sem relatos históricos, pinturas ou evidências fotográficas não foi possível afirmar com certeza que as crianças dos anos 1960 tivessem desenhado relógios em seus pulsos, até porque eles se dissolvem sozinhos em contato com a água ou o suor, dificultando o trabalho de curiosos insaciáveis como eu. Sem registro, não há história, então, sem poder me basear no passado, voltei minha pesquisa para o tempo presente.

Radicalizei. Vendi minhas posses, peguei um bloco de anotações, uma velha câmera fotográfica e saí pelo mundo observando crianças desenhando relógios no pulso. Pode parecer algo difícil, mas eu garanto que não é; se quem procura acha, quem olha repara: é só pensar em quantos carros azuis você viu hoje. Provavelmente não se lembra, mas se amanhã você resolver contar quantos carros azuis, periquitos, orquídeas ou carteiros você vê pelas ruas diariamente, tenho certeza de que vai notar o tanto de belezas que deixamos de reparar porque estamos com pressa.

Entre viagens de barco, avião e trem, foram meses de estudos em pracinhas, bibliotecas e escolas de cidades grandes e pequenas, nas quais coletei material suficiente para preencher uma verdadeira galeria de arte, algo que pretendo fazer um dia. Cataloguei os diferentes tipos de traçado e canetas usadas nas mais variadas culturas: hidrográficas são utilizadas quase que exclusivamente na América Latina, enquanto esferográficas são mais comuns no resto do mundo, à exceção do Japão, onde canetas tinteiro parecem ser a preferência. Descobri que a idade em que a prática é mais comum é aos seis anos, ao passo que as crianças parecem se desinteressar pela brincadeira por volta dos oito. Na vida adulta, como eu mesmo fui testemunha, as memórias ficam mais diluídas, mas quase a totalidade de pessoas que entrevistei se lembravam de um dia terem desenhado relógios no pulso, só não se lembravam quando nem por quê.

Imagino que a essa altura você deva estar achando que está lendo ou ouvindo as palavras de um alguém sem noção ou de um velho desocupado, mas o mistério que se revelou a seguir atiçou ainda mais a minha mente, enquanto a resposta que encontrei acalentou meu coração, e espero que possa fazer o mesmo pelo seu. Após analisar meticulosamente milhares de fotos, descobri que a parte mais fascinante dessa história era que o horário desenhado nos relógios era sempre o mesmo, inexorável e rigorosamente o mesmo, como se assim fosse ensinado, aprendido ou combinado em segredo entre todas as crianças do mundo.

Se você convive com uma criança e, por alguma razão, pensa haver exagero em minhas palavras, eu o convido a ver com seus próprios olhos. Pegue uma caneta e peça que ela desenhe um relógio em seu próprio pulso. A primeira reação provavelmente será um olhar incrédulo, como se você estivesse entrando em algum mundo secreto proibido para os adultos, o que tem um quê de verdade. Menos de um minuto depois, lá estará o relógio desenhado, com um ponteiro de pé e o outro deitado, marcando precisamente o horário de meio-dia e quinze*.

Por algum tempo, cheguei a pensar que se tratasse apenas de uma coincidência, talvez porque um ponteiro de pé e outro deitado representem um horário fácil de ser desenhado, mas há outros horários ainda mais fáceis: apenas um

* Sei que o horário representado também poderia ser meia-noite e quinze, mas não encontrei crianças acordadas a essa hora para corroborar essa parte da teoria.

ponteiro de pé, indicando ser meio-dia em ponto; um para cima e outro para baixo, seis horas; um pequeno "v", onze e cinco; e, é claro, todos os outros horários do dia, num total de 720 combinações diferentes em um relógio tradicional.

Então, por que é sempre meio-dia e quinze?

Aquela dúvida atiçou minha mente como nunca. Conversei com inúmeras pesquisadoras, professoras, mães, pais, visitei escolas e universidades, e ninguém soube me explicar a razão da estranha coincidência. Cheguei a ser desencorajado por algumas pessoas, que diziam que minha dúvida não tinha resposta nem sentido, mas eu sempre acreditei que são justamente essas as perguntas que valem a pena serem respondidas.

Desisti de procurar as respostas no mundo desconfiado dos adultos e mergulhei definitivamente no universo sem filtro das crianças. No começo também não foi fácil. Quando perguntadas sobre o porquê do horário se repetir, as respostas oscilavam entre o "porque eu gosto" e o "porque é legal", passando ainda por aquela frase que as próprias abominam quando ditas pelos adultos, que é o "porque sim". As idades eram variadas, entre quatro e oito anos, a idade limite, o que me levou a outra observação intrigante: até mesmo as crianças que ainda não sabiam ver as horas desenhavam o mesmo horário.

E eu andei, anotei, perguntei e me cansei. Depois de descansar, andei mais e perguntei mais até que meus sapatos furaram, meus bolsos secaram e não pude mais viajar. E não encontrei a resposta que tanto procurava.

Um dia, eu estava de volta àquela mesma pracinha. Sentia um certo desânimo, assombrado pela ideia de ter desperdiçado parte da minha vida em uma busca inútil. Sentei-me em um banco, à gostosa sombra de uma árvore, abri meu bloco de anotações e comecei a revisá-las.

Logo vi um menino passando por ali com toda a leveza da infância, tal qual aquele que eu havia visto no começo de meu relato. Olhei para seu pulso, certo do que encontraria, e lá estava o relógio desenhado. De longe, ele viu meu bloco de anotações, achou que eu estivesse desenhando e veio olhar o que eu estava fazendo. Então contei-lhe sobre o meu projeto, minhas viagens e a coleção de fatos inúteis que eu aprendera em minha jornada. Contei-lhe sobre a rainha Carolina Murat, sobre as vendas de caneta Bic a partir da década de 1960, sobre as canetas hidrocor. E isso só serviu para entediá-lo. O menino foi inclinando o corpo para o lado, indo na direção dos pais que acenavam para ele. Antes de partir, ele se virou e fez a pergunta que reacendeu a chama em meu coração:

– Por que não desenha um relógio pra você?

Acenei e sorri para o menino, me despedindo enquanto soltava um leve sopro pelas narinas. Tornar-me objeto de meu estudo me soava absurdo. De nada adiantaria se eu, homem feito, desenhasse um relógio no pulso porque, bem, eu o faria muito melhor que uma criança, com os ponteiros proporcionais, cada linha indicando os blocos de cinco minutos, talvez até mesmo os segundos, traçaria uma detalhada pulseira de couro, ajustável, com os furos, as linhas da costura e o fecho de metal. Àquela altura, o menino já seguia de mãos dadas com os pais, sem imaginar qual teria sido o seu papel naquela história: o de um verdadeiro anjo disfarçado.

Peguei minha caneta. Percebi que esferográficas não são muito boas para desenhar na pele, pois puxam os pelos e ficam com o traço falho. Tem ainda o fato de que não é nada fácil desenhar no próprio pulso, em especial a pulseira, porque se você a vê de um lado, não a vê do outro, então é difícil fazer com que as linhas se encontrem no ponto certo. Acabei optando por traçar somente a parte de cima, como quase todos os exemplos que eu vira ao redor do mundo. Mas foi na hora de desenhar o relógio em si que finalmente me dei conta de que seria bem mais difícil do que eu havia imaginado. Dizem que ninguém se esquece de como andar de bicicleta, mas também é verdade que ninguém sabe desenhar uma bicicleta de cabeça, o que frequentemente causa risos nervosos àqueles que tentam. Com um relógio é a mesma coisa. Ainda que seja mais fácil, poucos são os que conseguem dividir de maneira minimamente coerente o espaço entre os números. Resolvi então representá-los somente com linhas, o que gerou um relógio capaz de marcar catorze horas em vez de doze, e, finalmente, tracei os ponteiros indicando o horário.

Meio-dia e quinze.

xx

Olhei para o meu pulso.
O relógio desenhado estava lá.
E só então percebi.
Ele sempre esteve.

xx

Ao contrário dos mistérios envolvendo gatos, zebras e o nome do planeta onde vivemos, aquele mistério tinha sim, uma solução. No entanto, encontrá-la foi algo tão profundo, transformador e íntimo que eu simplesmente não posso compartilhá-la assim com você. Mas calma. Se chegou até aqui, isso significa que é como eu, que não se contenta com respostas fáceis e sabe que a jornada é mais importante do que o destino. Por isso, deve entender que eu não posso lhe contar *o que* descobri, mas *como* descobri, para que você tenha êxito em encontrar as respostas por si só. Se é demais pedir segredo, peço-lhe ao menos alguma discrição ao seguir o passo a passo que descrevo a seguir.

Tudo pronto?

Primeiro, procure uma caneta.

Como já deve ter percebido, as hidrocor são melhores, mas se não tiver nenhuma à vista, certamente vai encontrar uma Bic perdida no canto de uma gaveta, entre apontadores cegos, borrachas manchadas e toquinhos de lápis.

Agora, faça um círculo.

Nessa etapa, talvez você se lembre do que é um relógio de pulso "de verdade": um presente passado de geração em geração que muitas vezes traz a história de famílias, de luta, de glórias e de perdas.

Faça a pulseira, utilizando duas linhas.

Não é necessário que elas se encontrem do outro lado, afinal, ninguém vai ver mesmo. Aproveite para refletir sobre o fato de que um relógio desenhado no pulso é o exato oposto de um relógio de verdade – pelo menos, foi o que eu fiz. Um relógio desenhado no pulso é um presente que uma criança dá a si mesma. É um bilhete, uma passagem de ida e volta, uma soma das risadas e dos momentos de quem ela é naquele exato instante, naquele meio-dia e quinze. Um presente que só ela pode abrir, anos ou décadas depois.

Chegou a vez dos ponteiros.
Lembre-se do horário.
E aproveite o seu presente.

COMO ESCREVER UM CONTO

CONTOS SÃO DIFÍCEIS. UMA FRASE, erroneamente atribuída a Cortázar, diz que romances são como lutas de boxe que se vencem por pontos, enquanto contos se vencem por nocaute. Se a frase for verdadeira, então escrever um livro de contos é como participar de um torneio inteiro. Requer um grande fôlego, preparo, hidratação e alimentação balanceadas, especialmente quando esses contos são escritos para o mesmo fim, com o mesmo tema ou são, de certa forma, interligados.

Outra lição que acho interessante é uma metáfora citada por Neil Gaiman, provavelmente em alguma das muitas palestras que já vi dele — adoro sua voz gentilmente sombria, seu domínio das palavras e sua entonação irônica, certamente sou mais influenciado por ele do que acho juridicamente confortável reconhecer. Nessa palestra, o criador de *Sandman* diz que escrever é como construir um muro de pedras. Você vai encaixando-as, uma a uma, descobrindo quais servem, quais não servem, quais ficarão por algum tempo e depois precisarão ser trocadas. Como palavras em um texto. Quando você vai ver, tem um muro completo. É claro que o mestre se colocou com muito mais elegância e sutileza, mas achei que reproduzi-lo aqui livremente também seria mais honesto, assim como juridicamente seguro.

Seguindo a metáfora da construção do muro, um conto portanto envolve a escolha de várias palavras e sua conexão com as ideias, num trabalho que pode até parecer tedioso em alguns momentos: veja a simples escolha do adjetivo "tedioso" em detrimento de "chato", "entediante", "enfadonho", "monótono", "enfastioso" – é um trabalho que demanda atenção e estudo. O mesmo vale para a construção do conto em si, com parágrafos inteiros ou páginas escritas sem que haja necessariamente um local ou um encaixe específico em mente. Conforme as ideias vão tomando forma e o texto vai surgindo, essas pedras vão naturalmente encontrando seu lugar, ou sendo descartadas conforme o necessário.

Seja em romances longos ou contos de duas páginas, um autor ou autora deve ter a capacidade de projetar imagens e sensações na mente de quem resolve trocar alguns minutos ou horas de sua vida por aqueles momentos. Dizem que a leitura nos transporta para novos lugares, mas eu creio que, mais do que isso, a leitura é capaz de construir mundos inteiros dentro de nós. Castelos medievais, cidadelas do futuro, cavernas no fundo do mar, eras inteiras de deslumbramento ou loucura. Cada leitor interpreta as palavras de uma maneira, e é papel de quem escreve guiar sensações e ajudar a expandir mundos para...

– *Certo, certo, entendi. Agora, que tal você me ajudar?* – *indagou Ezito.*

Oi?

Desculpe, leitor, fui interrompido, mas não sei quem...

– *É isso mesmo que você ouviu. Você é o autor deste livro, não é mesmo? O tal autor que não é famoso o bastante pra ser reconhecido na padaria ou no supermercado?*

Uma vez no Compre Bem, eu...

– *Não importa. Eu sei quem você é, e acho que você sabe quem eu sou, não é mesmo, Fábio Yabu?*

xx

Por essa eu não esperava.
Difícil acreditar. Afinal, você planejou tudo isso.
Não é bem verdade. Você leu o que acabei de escrever sobre o muro de pedras? Eu tinha as ideias soltas, mas este livro na verdade teria só um conto, "O girassol do Monsieur Lassimone". A ideia era fazer um livro ilustrado, todo com raspas de lápis, a coisa mais linda. Mas aí as meninas da editora acharam que seria legal escrever sobre outros objetos de escrita e montar uma espécie de coletânea. Eu gostei da ideia e lembrei que sempre fui encucado com as canetas Bic. A escrita seguiu, meio que ganhou vida... e lá pelas tantas você apareceu, Ezito. Uma palavra escrita errada que de repente se torna um personagem. E então tudo mudou, e eu diria que para melhor.
– *Linda história* – respondeu Ezito, tentando ganhar tempo –, *mas eu não vim até aqui para ouvir elogios. Eu vim porque preciso da sua ajuda, Fábio. A Bel está atrás de mim.*
Xi.
– *Pois é. E você sabe como ela é.*
Ô se sei. Mas veja, Ezito, se ela quiser te cortar do livro, não tem muito o que eu possa fazer. Afinal, ela conhece todas as regras, ela...
– *Pode parar com isso?!*
Desculpe.
– *Eu tenho um plano, e para ele dar certo eu preciso muito da sua ajuda.*
Ezito, por mais que eu goste de você, por que eu o ajudaria? Eu sou o autor, não devo nada a personagem nenhum.

– *Você tem razão. Você não me deve nada, não tem por que me ajudar nesta situação. Mas se a Bel chegar agora, a trama mais interessante do seu livro vai se perder. Seria terrível ter que reescrever o que, uns trinta, quarenta por cento do livro? O que a editora vai achar? O que a LEILA vai achar? Você não quer desapontá-la, quer?*

Ela é a gentileza em pessoa. E meu prazo já está apertado...

– *Temos um acordo?*

Bem, desde que não envolva mexer com a Bel...

– *Não necessariamente. Como você é o autor deste livro, eu só preciso que me ajude a criar uma imagem que vi uns capítulos atrás.*

Qual imagem?

xx

```
Rua Tito, 479.
Prédio da Editora Melhoramentos.
8h05 da manhã.
```

- O quê? Eu estou... na minha sala na editora?

Bel não sabia como tinha ido parar ali. Depois de ter perdido Ezito na página 107, ela continuou sua busca incessante através dos contos do livro. Ainda que já estivesse um pouco mais acostumada a navegar pelos textos sem sua forma física, a cada página ela se sentia mais esgotada. O processo cobrava seu preço, como o mago Z alertara. De repente, Bel sentiu uma tontura súbita, como se o mundo inteiro tivesse acelerado e mudado de lugar - quase a mesma sensação de quando estava dentro do trem. A tontura logo passou, ela levou a mão à testa e, sem explicação alguma, estava de volta ao prédio da Melhoramentos.

Tudo parecia idêntico ao local que ela frequentava diariamente durante tantos anos. O carpete bege continuava cheirando a ácaros e sonhos pisoteados, com o ventilador no teto espalhando o cheiro de barra de cereal sabor banana e clássicos da literatura infantil. Sobre a mesa, ela viu, tal qual deixara, seus dicionários, gramáticas e originais. Olhou para as paredes sem diplomas ou troféus, uma sala absolutamente normal para alguém cujo trabalho era ser invisível, e se sentiu de volta a seu lar.

- Como é possível? Eu não disse a palavra mágica!

Ela foi até um arquivo de metal ao lado de sua mesa. Abriu as gavetas pesadas, dedilhou a borda das folhas ali guardadas como se fossem cordas de uma guitarra. Puxou uma delas para ver se estava no mundo real. Era uma página datilografada cheia de anotações e rabiscos, uma cópia revisada de *O Menino Maluquinho*. Tudo do jeito que deixara.

- Choque de realidade, não é? Pode conferir o quanto quiser, Bel. Você está de volta.

Bel se virou, buscando a origem daquela voz, mas não a encontrou.

- Você?! O fugitivo?

— Sim, Bel. Mas você não precisa mais se preocupar comigo, porque eu consegui fugir do livro.

— É mentira! Como está fazendo isso?! Apareça!

— Não. Acabou, Bel. Você pode seguir com a sua vida, eu seguirei com a minha — disse Ezito.

— Eu não sei como me trouxe até aqui, ou como está falando comigo, mas se você acha que eu vou deixar um erro como você à solta…

— Eu NÃO sou um erro!

— Apareça e eu vou lhe provar!

— Para isso você teria que me achar primeiro, Bel.

Bel parou por um instante. Alguma coisa ali não se encaixava. Ela conhecia bem o mago Z e seus poderes, sabia que o feitiço era poderoso e que ela não havia dito a palavra mágica novamente. Então, como teria parado ali, na sua sala na Rua Tito nº 479? Foi até a janela, olhou pelas persianas, viu seu velho Mustang vermelho estacionado. Olhou para a mesa, viu suas canetas, seus marca-textos, sua lupa e todos os instrumentos que utilizava no trabalho, tudo igualzinho como havia deixado antes de ir falar com o mago Z. Mas algo estava diferente, ela tinha certeza. Só precisava ficar atenta aos detalhes.

Quando percebeu o que era, Bel começou a rir.

– Ha! Ha! Ha! Você quase me enganou, fugitivo. Conseguiu recriar a minha sala quase perfeitamente. Mas eu sei muito bem que ainda estamos dentro do livro. Tudo isso ao nosso redor, o ventilador do teto, o carpete bege, o cheiro de barrinha de cereal de banana, meu Mustang vermelho estacionado lá fora, até mesmo os textos dentro do meu arquivo. Está tudo perfeito. Mas tem um detalhe diferente.

– Você é realmente muito perspicaz, Bel.

Bel olhou para a porta com a abertura em vidro, tão fielmente reproduzida. E lá estava o detalhe diferente. Não era LEB-AROSIVER espelhado no vidro. Era MAZAHS.

Ela parou por um segundo. E novamente começou a rir.

– Eu não acredito que seu plano era ESSE?! Você realmente achou que eu fosse cair nessa? Que eu fosse ler a palavra mágica que você escreveu na porta da minha sala e me perguntar "que diabos é isso?" e assim ser transportada para fora do livro? Ora, fugitivo, eu esperava mais de você!

– Bom, na minha cabeça pareceu um bom plano...

– Pois não é! Você não pode enganar uma revisora experiente como eu. Eu sei o que significa essa palavra, MAZAHS...

Um raio caiu, chamuscando todo o chão. E, no instante seguinte, Bel não estava mais lá.

Um nocaute.

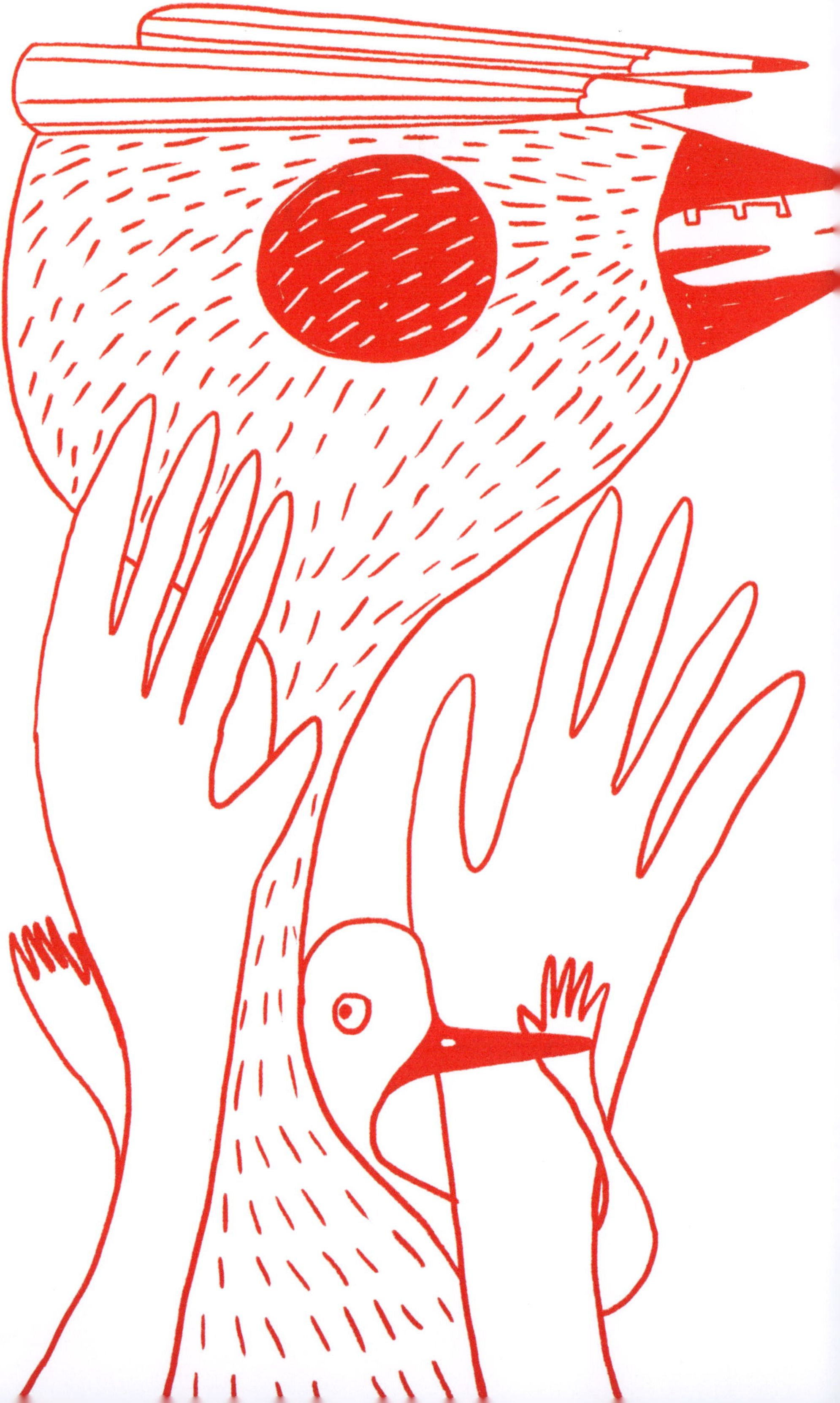

A CONSPIRAÇÃO DOS GANSOS

ELES PODEM VOAR À MESMA altura que um Boeing 737. Seu corpo é revestido por uma película que os protege de temperaturas extremas e os isola completamente da água. Sua audição pode distinguir os passos de um predador a centenas de metros de distância, seu senso de direção faz com que voem mais de nove mil quilômetros – a distância entre São Paulo e Toronto, no Canadá – sem se perder. Seu bico possui dentes afiados, sua língua possui dentes afiados. Eles são a mais perfeita máquina de matar já concebida pela mãe natureza. Eles são muitos. Eles são legião. Eles são os gansos.

E naquele dia eles estavam furiosos.

Uma reunião importante estava sendo realizada. O ganso líder falava de cima de uma pedra para uma multidão abaixo. Atrás de si, outros gansos que o apoiavam estavam alinhados em uma formação em "v", igual à que fazem quando voam.

– Meus caros companheiros! – gritou o líder, em frente a um milhão de pescoços brancos imóveis, silenciosos e, sobretudo, atentos. – A situação com os humanos chegou ao seu limite. Nós, que descendemos diretamente dos gloriosos dinossauros, estamos neste planeta há muito mais tempo do que esses mamíferos desajeitados! Vimos sua escalada evolutiva, testemunhamos seus primeiros passos, estávamos lá quando conquistaram o fogo e quando se esconderam do gelo!

Os pescoços na plateia balançaram levemente.

— O mundo ainda era jovem. Podíamos vê-los brincando pelas savanas e pradarias, celebrando o Sol e o vento em seus corpos esticados e peludos. Eles eram como todas as outras criaturas desse imenso e generoso planeta, do menor dos insetos ao maior dos fungos! Eles comiam, bebiam, dançavam e morriam conforme a sinfonia das estações, e por milênios houve paz! Por milênios, NÓS tivemos paz!

Os pescoços começaram a se agitar enquanto pés impacientes empurravam a areia para trás.

— Porém, cerca de quatro mil anos atrás algo mudou! Em vez de ficarem restritos à segurança de suas cavernas, os humanos resolveram colocar as asinhas de fora... Ah, quanta ironia! Sim, meus amigos, os humanos deixaram suas cavernas e, em vez de fazer como qualquer outro animal que migra com seu grupo em busca de condições melhores, em busca da própria comida, eles começaram a plantá-la!

A primeira voz vinda da plateia murmurou baixinho:

— Isso é um absurdo. Completamente antinatural.

Os pescoços ao redor concordaram.

— Plantaram milho, cenoura, batata, dizendo-se donos da terra e da própria natureza! De repente, as chuvas, o frio ou o calor não eram mais motivo para migrar! Eles podiam ficar onde quisessem, enquanto a vida despejava fartas quantidades de comida em suas boquinhas estranhas, com dentes retos e sem bico, como se a mãe natureza fosse uma... mamãe ganso!

Ao ouvir essas palavras, a primeira lágrima na plateia escorreu.

– Como todos os outros animais, nos calamos. Achamos que aquilo seria apenas uma fase e que logo eles voltariam para as cavernas, ou quem sabe até desaparecessem, como já aconteceu com seres muito mais poderosos. Lembram-se dos mamutes? Dos tigres-dentes-de-sabre? Sabem onde eles estão agora?!

A plateia se entreolhou. Ninguém sabia.

– Isso não importa mais! O que importa é que os humanos prosperaram. Quem poderia adivinhar que plantar a própria comida seria possível?! Uma vez mais, fizemos vista grossa porque, a bem da verdade, a comida abundante nos beneficiou. E esse foi o nosso erro. Fomos seduzidos pelo milho, pelos grãos, pelo abrigo em suas plantações e telhados. Nós... nos corrompemos.

Bicos apontaram para o chão.

– Sem perceber, estávamos sendo dominados. Tornamo-nos dóceis a eles, convivemos com eles, demos amor a eles, sem prestar atenção aos sinais, sem ouvir os alertas que tantos outros animais já haviam nos dado. Até que, uma hora... aconteceu.

Olhos se cerraram. Peitos começaram a subir e a descer nervosamente enquanto o líder se virou de costas e o completo horror tomou conta dos gansos.

– Eles fizeram isso! – disse o líder, mostrando sua traseira sem penas.

O ar foi tomado por um pandemônio de gritos furiosos.

A essa altura, o líder já estava exasperado e sem fôlego. Mas isso não foi um problema. Ele deu um passo para o lado, e o ganso de trás, vice-líder do bando, assumiu a fala, com a mesma intensidade no discurso.

– Eles vieram atrás das nossas penas, e tudo isso para quê? – continuou – Tudo por causa de uma invenção inútil e boba chamada escrita! Eles pegam nossas penas e usam-

-nas para manchar folhas de papel branquinho, lisinho e apetitoso! Vocês percebem a gravidade disso? Em vez de comer o papel, eles ESCREVEM nele.

A essa altura, já era difícil ouvir com clareza as palavras do vice-líder.

— Companheiros, não vamos mais nos curvar, não vamos mais levar patadas, não vamos mais permitir que nossas sagradas e impermeáveis penas, que tão generosamente nos foram dadas pela mãe natureza, sejam usadas para propósitos tão fúteis quanto a escrita!

Os gansos batiam as patas no chão, agitavam as asas, levantavam poeira.

— Nós gostamos da comida? Claro que gostamos da comida!

Quanto a isso, ninguém discordava.

— Mas sabem do que gostamos mais? Da LIBERDADE!

As asas se ergueram e se agitaram.

— Hoje é o dia em que os gansos do mundo inteiro se unirão para dar um fim ao domínio humano! Hoje é o dia do QUACK!

Na multidão, uma apoteose de *quacks* foi ouvida. Os gansos estavam dispostos a lutar pela sua liberdade e hegemonia, queriam fincar seus dentes no próprio destino nem que isso lhes custasse a vida. E, em meio ao agito, um ganso, igual a todos os outros, pedia licença e se espremia com êxito entre os demais, até chegar à pedra onde o discurso estava sendo feito.

Ninguém estranhou quando ele subiu na pedra, chegou discretamente no ouvido do vice-líder e cochichou algo importante, fazendo-o arregalar seus olhos azuis.

— Tem certeza disso? – perguntou.

— Sim. É o que estão dizendo em Berlim e em Paris – confirmou o ganso.

— Minutinho – disse, erguendo levemente a asa para o líder, o de traseira depenada.

— O que foi? — perguntou.

— Acabei de receber uma informação importante. Parece que os humanos não estão mais interessados nas nossas penas.

— Como assim?!

— Inventaram algo melhor para escrever, uma coisa chamada lápis. Estão todos usando. Inclusive, parece que dá pra apagar. Então eles não precisam mais de nós.

O líder ficou em silêncio. A plateia seguiu.

— Bem, e quanto à comida? Aos grãos, ao... milho? — alguém perguntou na plateia.

— Vão continuar plantando como nunca — respondeu o vice-líder — talvez, até mais!

Todos se entreolharam. Deram de asas.

— Bem, acho que podemos deixá-los em paz por enquanto. Afinal, que mal eles podem nos fazer?

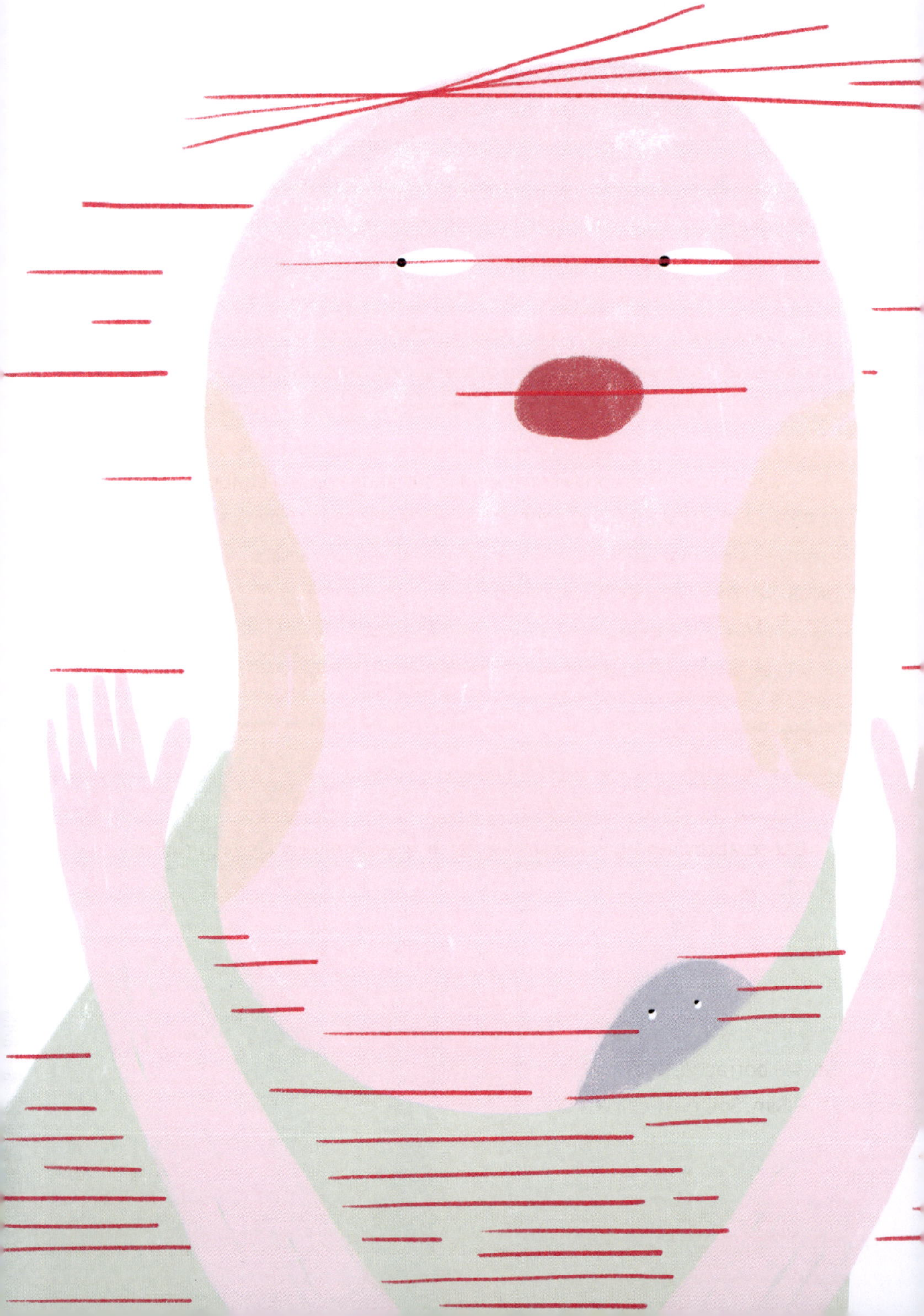

(~~CARINHOSO~~)

– ISSO SÓ PODE SER UM erro – disse Bel, tentando manter a calma, ao chegar naquela imensidão branca e contínua, sem fim.

– Acredite, você não é a primeira pessoa a dizer isso... – respondeu Borracha.

Bel olhou ao seu redor. Tudo era diferente de quando ela entrara nos outros contos. O Limbo não construía imagens, não transportava nem criava lugar nenhum. Era só aquilo mesmo: um vazio entediante, branco, sem passado nem futuro. A única coisa que o separava do nada absoluto era aquele cheirinho de fruta que, por algum motivo, lhe parecia familiar.

– Aquele fugitivo... como conseguiu me mandar para o Limbo? Ah, foi a palavra mágica! Eu a li ao contrário, só que em vez de me tirar do livro, ela me mandou pra cá. Reconheço que ele foi muito inteligente. Mas não importa. Isso não vai me impedir de...

– Ezito era o melhor entre nós – disse Borracha.

Levou alguns segundos, mas Bel reparou que aquela não era uma simples borracha.

– Espere... Eu conheço você...!

– Jura? Achei que não fosse se lembrar de mim!

– Mas é claro que me lembro!

Bel se aproximou de Borracha e fez o que parecia mais próximo de abraçá-la.

Bel. Borracha.

– Esse cheirinho de fruta. Eu jamais esqueceria. Você foi minha primeira borracha, não?

– Sim. Sou eu mesma, Bel.

As duas se abraçaram e, por um instante, o Limbo ficou completo.

BelBorracha.

— Isso é incrível! Jamais pensei que te encontraria de novo! — disse Bel. — Já faz tantos anos! Eu tenho tantas coisas para te contar!

— Eu acompanhei você de longe, Bel. Sei que encontrou sucesso, que vive fazendo o que ama, que trabalha em um lugar incrível, que revisou os textos de autoras famosíssimas. Estou muito orgulhosa de você — respondeu Borracha.

— Obrigada, amiga — agradeceu Bel. — Mas e você? O que tem feito?

— Ah, sabe como é. Vivo apagando umas palavras aqui e ali. Nada demais.

— Este lugar é muito... interessante. O que tem pra se fazer aqui?

— Vem, Bel. Deixa eu te mostrar.

Bel e Borracha caminharam pelo Limbo trocando confidências.

— Há quanto tempo você está aqui? — perguntou Bel.

— O tempo é muito relativo. Anos, séculos. Aqui tudo é meio que a mesma coisa.

— Ah.

Bel queria manter aquela conversa animada. Resolveu falar sobre seu assunto favorito.

— Você acredita que tem palavras que eu apagava antes e que precisei parar de apagar?

— Ô se acredito! — riu Borracha.

— E palavras que eu não apagava e precisei começar a apagar?

— Porque a língua vive mudando, não é mesmo, Bel? — Agora o riso de Borracha soava um pouco mais forçado. Começou em um tom alto, depois foi murchando, até sumir... e ficar um silêncio entre as duas. Uma hora elas teriam que falar sobre o elefante na sala, e ele não havia sido desenhado pelo lápis Branco.

xx

– Borracha, eu li o conto original do livro. Aquele, da página 13. Sei que há outras palavras aqui, mas onde elas estão? – perguntou Bel, ao notar que nenhuma palavra flutuante havia aparecido ainda.

– Acho que você sabe a resposta, Bel.

Bel se calou.

– Elas estão escondidas, não é mesmo?

– Sim, Bel. Venha comigo. Quero lhe mostrar uma coisa.

Bel e Borracha seguiram por mais uma página inteira de espaços em branco.

Bel.

Borracha.

Na virada de página, Bel arregalou os olhos.

Paço. Concerto. Concelho. Ruça. Esterno. Agente. Sela. Tacha. Coser. Hera. Apreçar. Estrato. Saldar. Cerrar. Xeque. Experto. Ora. Eminente. Insipiente. Assento. Senso. Sinto.

— Essas são algumas das palavras que você... digo, que nós mandamos pra cá, Bel. Quando ouviram o plano de Ezito, todas ficaram muito empolgadas, mas no fundo ninguém tinha muita esperança. Sabíamos que você não deixaria passar nada. Começamos então a torcer por Ezito. Se só ele conseguisse fugir, já iríamos nos dar por satisfeitos...

— A culpa não é minha, Borracha. Eu apenas sigo as regras! Eu conheço todas as regras, eu...

— Eu sei, Bel. Mas também não é culpa das palavras. Elas apenas deram o azar de estar no lugar errado e na hora errada. Bom, exceto uma.

— O quê?

— Nossa, como você sabia? É ele mesmo. O "quê". Venha aqui, quê.

O pronome de apenas três letras – mas também uma palavra de quase infinitas possibilidades, pois pode também ser conjunção, advérbio ou preposição – que emprestara seu acento circunflexo a Ezito estava ali, escondido atrás de Borracha. Ele tremia de medo.

— Pode vir, quê. A Bel não vai te fazer mal. Você se lembra dele, não é, Bel?

Bel se abaixou, tentando ficar na altura daquela palavrinha.

— É claro que eu me lembro. Ele foi... a primeira palavra que eu apaguei...

xx

Tudo mudou ao redor de Bel. Agora ela tinha onze anos. Estava na aula de português, copiando uma canção da lousa, aprendendo sobre regras gramaticais, das diferenças entre advérbios, pronomes interrogativos e interjeições. Em seu caderno de português, copiara o famoso verso da música "Carinhoso", de Braguinha, interpretada por Pixinguinha:

"Meu coração, não sei por quê"

— Eu me lembro desse dia – disse Bel, inundada pelas memórias de sua infância. – Eu apaguei esse *quê*. Eu falei para a professora, que sorriu de volta pra mim e disse que eu era a favorita dela – e repetiu, choramingando baixinho –, eu era a favorita dela...

E continuou:

– Esse "quê" só teria acento circunflexo se estivesse no final de uma frase, mas ela continua no verso seguinte! Além do mais, não se trata de uma interrogação! O correto seria:

"Meu coração, não sei por que"

– Bel – disse Borracha. - Você estaria certa... se não estivesse falando de um texto de 1917.

– Como assim?! Não importa quando o texto foi escrito, o que importa é a regra, e a regra diz...

– O original, de Braguinha, trazia o acento. Isso quer dizer que esse quê... Bel suspirou enquanto as lágrimas começaram a escorrer.

– ...é uma interrogação! Meu Deus... eu não acredito! Eu cometi um erro? Minha vida inteira foi uma farsa?! – ela gritava.

"Meu coração, não sei por quê
Bate feliz quando te vê"

– Significa "por qual motivo" e está no fim da frase! – Bel suspirou, com pena do fato daquele "quê" ter ficado tanto tempo no Limbo por culpa dela.

– Não se cobre tanto, Bel. Você era apenas uma criança, não sabia o que estava fazendo! A própria entonação da música deixa essa dúvida... E é isso que a boa arte faz. Nos deixa com mais dúvidas do que respostas. Nos faz questionar, viajar, entender contextos e situações diferentes... como todos aqui.

Bel foi pensando nas palavras que havia apagado durante sua vida de revisora. Sempre soube que a língua portuguesa tem inúmeras possibilidades e variedades, mas nunca imaginou que um lugar como aquele poderia existir.

Borracha fez o que bons amigos fazem, e só ficou ao lado dela, enquanto, uma a uma, as palavras apagadas foram se aproximando.

Paço.

Concerto. Concelho.

Ruça. Agente. Sela.

Tacha. Coser. Hera. Apreçar. Estrato. Saldar.

– Todas essas palavras estavam no contexto errado, Bel.

– Eu sei disso, Borracha, mas o que você queria que eu fizesse?

– Bel, eu não acho que você deveria ter feito nada de diferente. Como você mesma disse, era o seu trabalho! Mas o que você vai fazer a seguir... é o que realmente importa.

– O que quer dizer com isso, Borracha?

– O livro está quase no fim. Se Ezito conseguir fugir, ele vai virar uma ideia. Se você não voltar para o mundo real, vai ficar presa aqui para sempre. E se ficar, eu não tenho poder algum para te ajudar. Eu sou só uma Borracha. A escolha é sua, Bel.

Bel olhou para todas aquelas palavras flutuantes. O tempo urgia.

– O que vai fazer, Bel?

Ela se levantou.

– Você quer mesmo saber o que eu vou fazer, Borracha?

– Sim – ~~Borracha~~ respondeu, confusa. – O quê? Por que estou riscada?

– Vou fazer o que eu deveria ter feito há muito tempo!

~~Paço~~ gritou:

– O que está acontecendo? ~~Asso~~? ~~Concerto~~? Vocês...?

– NÃOO! – gritou ~~Borracha~~.

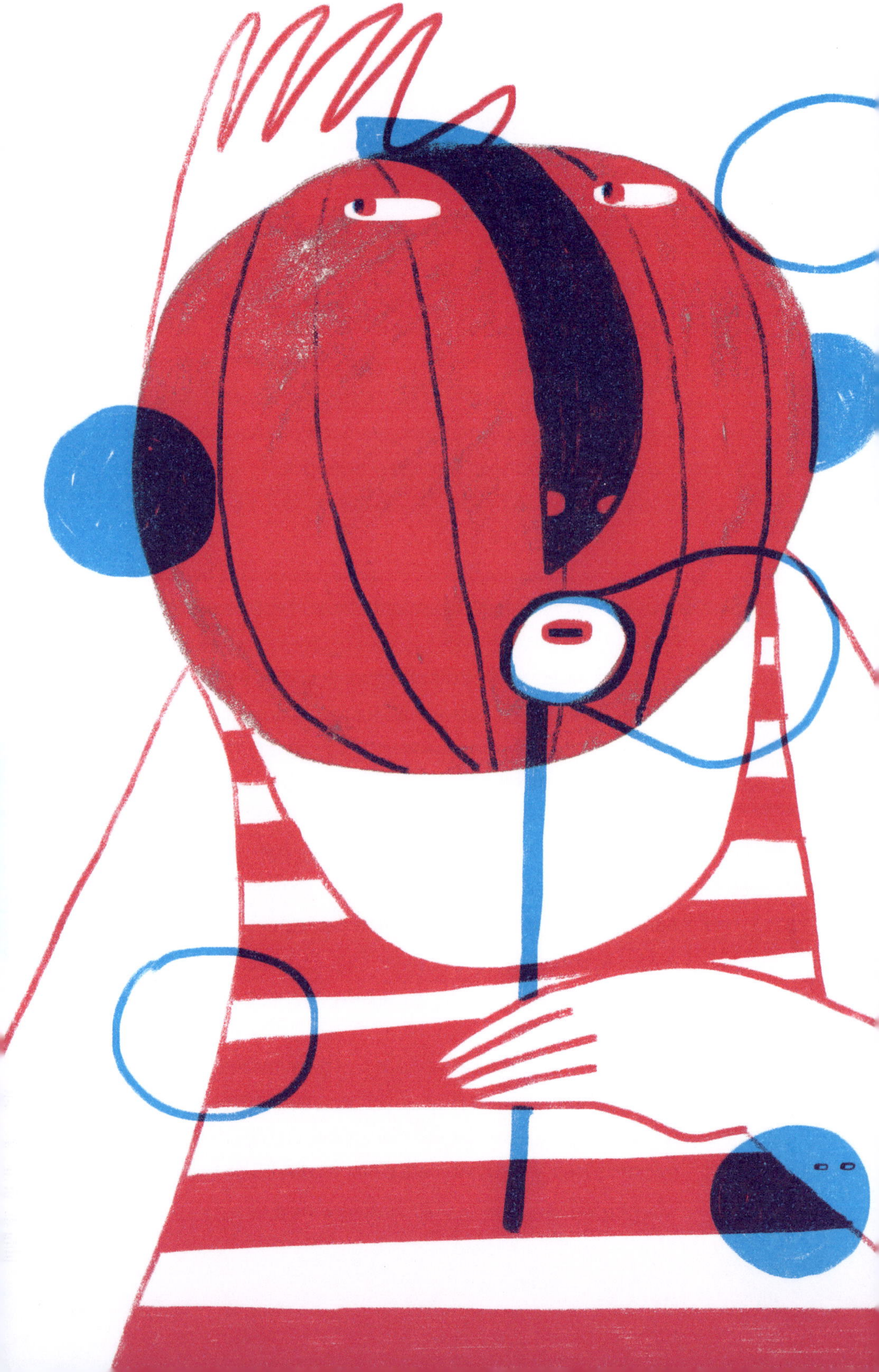

O criador de mundos

AS COISAS NÃO ESTAVAM MUITO boas para o sr. Bellerby. Com a crise, muitas pessoas ficaram sem trabalho. Sem trabalho, ficaram sem dinheiro e, sem dinheiro, não podiam se divertir fora de casa. Para os donos de um boliche como o sr. Bellerby, aquilo só poderia ser má notícia.

Era seu último dia ali. Os funcionários haviam sido dispensados, o imóvel seria devolvido e do sonho de ter um negócio próprio, só sobrariam dívidas e aquela pesada bola de boliche azul que ele segurava com três dedos da mão direita. Achou que seria poético terminar aquele capítulo de sua vida com um último *strike*. Ergueu a bola na altura dos olhos e viu, por cima dela, os pinos ao final da pista. Moveu o braço para trás, deu três passos para a frente e lançou a bola em um arremesso perfeito. Ela girou com graça e sem resistência em uma linha reta como a justiça. No último instante, o inconfundível som dos pinos sendo derrubados não chegou. Como se estivesse com medo, a bola desviou e caiu na canaleta. Os pinos permaneceram intocados. A bola retornou pela esteira. O sr. Bellerby ainda tinha um segundo arremesso, mas não quis tentar de novo. Levou a bola consigo, como recordação. As luzes se apagaram e o boliche nunca mais abriu.

É claro que todas essas coisas o deixavam triste. Beirando os cinquenta anos, ele achava que não tinha mais idade para recomeçar a vida ou aprender um novo ofício. O dinheiro que tinha no banco logo seria usado para pagar as dívidas do boliche. Ele teria que vender o carro, o barco e talvez até a casa.

Mas o que realmente o deixava preocupado era o aniversário de oitenta anos de seu pai.

xx

As memórias mais tenras da infância do sr. Bellerby eram as viagens de barco que fazia com o pai pela costa da Inglaterra, perto da cidade de Dover. De lá, era possível ver no horizonte a França como uma pincelada mais escura na borda do oceano. A ideia de colocar os olhos em um conceito abstrato como um país é fascinante para qualquer criança, e não foi diferente para o sr. Bellerby. Ele sempre imaginara uma linha pontilhada no chão, talvez o nome do país escrito em uma placa gigante, um luminoso dizendo "você chegou". Mas a única coisa que realmente separa os países é isso: um conceito, uma pincelada, uma história que alguém conta.

O sr. Bellerby sempre amou a geografia. Adorava estudar livros e mapas, decorar os nomes, bandeiras e capitais dos países, se sentir parte daquele quebra-cabeça infinito ligado por histórias. Na adolescência, ele até pensou em ser professor de geografia, mas nunca chegou às vias de fato. Como todo mundo, o sr. Bellerby precisava ganhar dinheiro, construir uma casa, comprar um carro, coisas plenamente possíveis de alcançar quando se é professor, mas... o boliche acabou chegando primeiro.

Durante algum tempo, o sr. Bellerby teve algum êxito, já que as coisas caminharam bem. Ninguém vai ao boliche sozinho, são sempre grupos de amigos e familiares, que, além de pagar ingressos, também gastam com generosas porções de refrigerantes e salgados gordurosos. O boliche cresceu, ficou conhecido, o sr. Bellerby trabalhou bastante e ganhou algum dinheiro.

Mas, por algum motivo, o sr. Bellerby não estava feliz. Ele sentia falta de algo que não sabia o que era. Muita gente tem isso, parece. É como uma coceira em um membro fantasma. Tem gente que tenta resolver isso lendo, escrevendo, pintando, se escondendo, viajando. O sr. Bellerby era desse último tipo. Nas férias, ele costumava pegar seu barco e partir do porto de Dover para viagens curtas. Amava a sensação de humildade trazida pelo oceano, amava o pequeno, mas constante medo de se perder e ter que encontrar seu caminho. E a coceira não passava de jeito nenhum. A verdade é que, quando o boliche fechou, ele ficou triste pelas pessoas que perderam seus empregos, pelas famílias que não teriam mais onde se divertir aos fins de semana, pelo barco que teria que vender... mas não pelo boliche em si.

E ele ainda precisava comprar um presente. Era uma data especial, e não queria dar para o pai algo repetido como uma camisa ou uma gravata. Por um instante, se arrependeu de ter comprado um celular de última geração no ano anterior. Poderia ter guardado a ideia – e o dinheiro – para aquele ano.

xx

O sr. Bellerby chegou em casa com a bola de boliche nas mãos. Não sabia exatamente o que faria com ela – talvez ficasse guardada no fundo de um pesado baú de madeira, talvez virasse um item inusitado na decoração da sala. O problema seria se a bola rolasse de uma prateleira para a mesa de centro, toda de vidro, ou se ela caísse no pé de alguém. Ele se sentou em sua velha poltrona, pensando no que fazer com a última lembrança de sua vida anterior, e nela viu seu rosto refletido.

Às vezes, quando se é adulto, a gente vê uma foto ou um reflexo e fica na dúvida se somos nós ou um de nossos pais.

Dá um nervoso, mas acontece. E foi o que aconteceu ali, quando o sr. Bellerby viu o rosto do pai de relance, bem mais jovem, refletido na superfície da bola, azul como o oceano, como se ela fosse um mundo em suas mãos. E ele finalmente teve uma ideia para o presente.

xx

Faltavam três meses para o aniversário. O sr. Bellerby se pôs a procurar livros em bibliotecas e na internet, só para descobrir o óbvio: tem livro que ensina a fazer de tudo. Pão, bonsai, jangadas, amigurumis, leis, bebês, filmes, tem até livro que ensina a fazer livro. Mas o que não era tão óbvio era que justamente o livro que o sr. Bellerby queria não havia sido escrito por ninguém. Pode procurar, eu espero. Não existe, em lugar nenhum, na maior livraria da internet ou no sebo mais escondido no centro da cidade, um livro que ensine a fazer um globo terrestre – desses, que ficam na mesa da professora – do começo ao fim, com as próprias mãos. Não tem apostila, não tem curso, não tem vídeo no YouTube. Então, como os globos eram feitos?

A curiosidade do sr. Bellerby logo foi atiçada. Ele até achou que não deveria ser tão difícil fazer um e logo descobriria que nenhuma frase que começa com "não deveria ser tão difícil" termina bem.

Primeiro, ele achou que fosse possível desenhar diretamente na bola de isopor – ele nem cogitou usar a bola de boliche por conta do peso. Mesmo fazendo marcações a lápis, é muito difícil trabalhar em um lado sem ver o outro. Pensou então em recortar um mapa e colá-lo. Mas o resultado fica péssimo, porque a bola é curva e o papel é reto, então ou ficam sobras ou ficam amassados. Levou um tempo até ele encontrar o material ideal para os globos: o isopor era leve demais, o gesso, frágil demais. A fibra de vidro acabou sendo uma boa escolha, porém bem mais cara.

Com o tempo, aquele dinheirinho que sobrou do boliche logo foi embora, junto com o barco e o carro. A próxima seria a casa. Só que o sr. Bellerby não desistiu do seu propósito de fazer o tal globo.

Depois de muito quebrar a cabeça, ele descobriu que a melhor maneira de ilustrar o globo era encontrar o meio do caminho entre as possibilidades: ele recortou um mapa de papel em dezenas de tiras ovaladas, que pareciam pranchas de surf, e as colou delicadamente uma a uma sobre a esfera de fibra de vidro. Alguns detalhes acabaram se perdendo no recorte, por isso ele teve que fazer vários retoques à mão com o mapa já colado, usando aquarela. Essa acabou sendo uma das etapas mais trabalhosas do processo, e, como não havia como descolar o papel, cada erro significava ter que jogar um globo inteiro fora. Muitos globos foram perdidos assim. Quando um finalmente o agradou, ele aplicou uma camada de verniz para proteger o desenho e pediu ajuda a um artesão talentoso, que ficou responsável por fixar o globo em sua haste de madeira.

Todo o processo acabou levando bem mais do que os três meses que o sr. Bellerby havia imaginado. Na verdade, o presente só chegou a tempo do 82º aniversário. Quando o pai do sr. Bellerby abriu o presente, ele não entendeu direito o que era – pais primeiro sorriem, depois entendem os presentes dos filhos. Conforme o sr. Bellerby foi mostrando e explicando os detalhes do globo, seu pai foi se encantando – essa é a vantagem de fazer o próprio globo terrestre. O filho havia desenhado ali os locais mais importantes da vida da família. A cidade de Dover, os trajetos de barco que faziam juntos na infância e todos os pequenos tesouros que surgem das confidências silenciosas entre pais e filhos. Os olhos do pai do sr. Bellerby se encheram de lágrimas. Os do sr. Bellerby também.

O globo ficou exposto ali na estante, junto com os presentes dos anos anteriores. Alguns amigos viram e gostaram tanto da ideia que acabaram fazendo encomendas, prontamente aceitas pelo sr. Bellerby, que precisava recomprar a casa que havia perdido. A notícia se espalhou, como não poderia deixar de ser (afinal, quem não ama falar e escrever eloquentemente sobre um senhorzinho que faz globos terrestres?), e hoje o sr. Bellerby é dono de uma das duas únicas empresas do mundo a atuar no ramo, a Globemakers Inc., em Londres. Seus globos sob encomenda são reconhecidos pela qualidade e beleza, e entre seus clientes estão museus famosos, diretores de cinema como Martin Scorcese e colecionadores do mundo inteiro.

E aquela coceira que ele sentia nunca mais voltou.

O pai do sr. Bellerby partiu em 2018, orgulhoso do filho e dos mundos que ele ajudou a construir.

O menor conto do mundo

Êxito.
Exito.
Ezito.
.

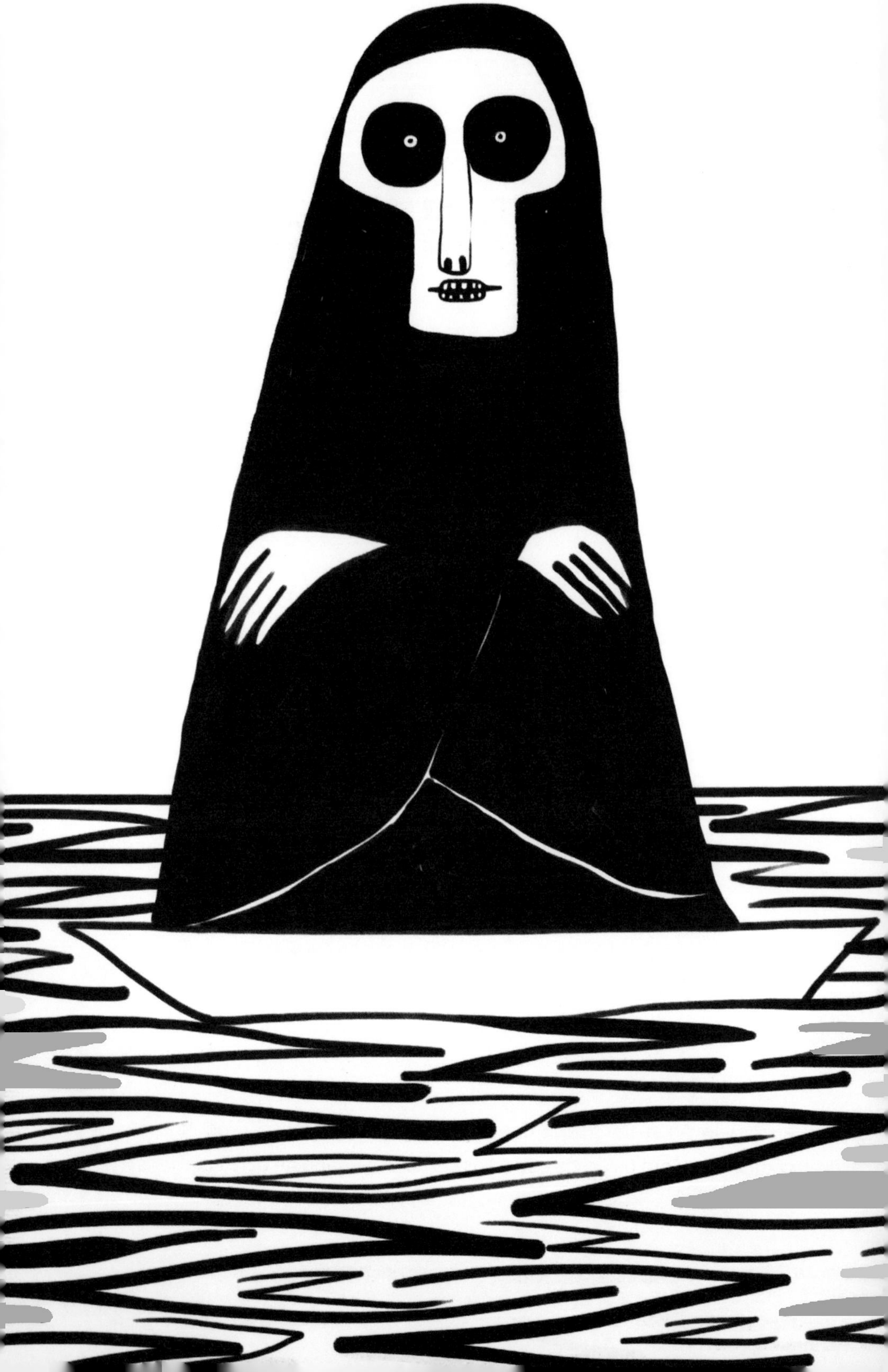

O BARQUEIRO

O MAGO Z HAVIA DITO a Ezito que ele deveria encontrar o barqueiro, mas ele não imaginou que o "barqueiro" fosse, na verdade, o último conto do livro – algo inusitado dentre tantos contos sobre diferentes tipos de arte.

O próprio mago havia dito em uma de suas obras mais famosas, *O menino quadradinho*: "Esse livro é como a vida. É para crianças só no começo". E a mesma coisa acontece aqui. Talvez, por isso, o último conto fosse de certa forma até um pouco tétrico, assustador, mas que também carregasse uma promessa: a de um final satisfatório e feliz. Se ela seria cumprida, seriam outros quinhentos.

E o conto começava assim, falando da morte e do inferno na visão dos gregos, que acreditavam que as almas dos mortos eram transportadas pelo barqueiro Caronte, pelos rios Estige e Aqueronte, até as portas do Hades, ou inferno.

Aquele lugar era muito diferente de tudo o que Ezito havia visto até então. Tudo ali era o oposto da vida: o ar era rarefeito, não havia insetos nem aves no céu. O chão era coberto por crânios e ossos, o rio borbulhava uma fumaça densa e escura e os troncos ressecados das árvores pareciam as falanges da própria Terra em agonia.

O disfarce com o acento circunflexo e o "x" haviam ficado para trás. Não havia mais necessidade de se esconder. Ezito sabia onde estava, porque todos sabem que lugar é esse, mas poucos têm a coragem de encará-lo. Ao se ver literalmente de frente para a morte – um homem cadavérico, com os ossos cobertos por fina camada de pele gelatinosa, sem olhos nas órbitas e carregando um grande remo feito de ossos –, ele soube que havia tomado a decisão correta. Se fosse morrer, que fosse com o próprio nome.

– Você é Caronte, não é? – perguntou Ezito.

– Eu tenho muitos nomes. Esse também serve – respondeu o barqueiro, isento de emoções.

– Eu sou Ezito.

– Ezito – repetiu Caronte.

– Isso. Rima com esquisito.

O barqueiro deu de ombros.

– O que o traz aqui, Ezito?

– O mago Z me mandou. Disse que você pode me tirar deste livro.

– Z? Ele vive fazendo isso. Infelizmente, eu não posso ajudá-lo. Em meu barco, eu transporto apenas almas, e você... não é uma alma, Ezito. Você sequer *tem* uma alma.

Ezito se calou. Se ser chamado de erro já era difícil, ouvir do próprio barqueiro dos mortos que ele não tinha alma era o fim.

– Não precisa ofender também.

– Como eu disse, você não é uma alma. Você é uma ideia. E das boas, diga-se de passagem. Uma palavra fugitiva, dentro de um livro, escondida em cada um dos contos? Como era seu disfarce mesmo? Hesito? Egito?

– Não. Êxito – disse Ezito.

– Uau. Uau. É uma grande ideia, uma baita ideia, de verdade. – O jeito com que Caronte reforçava suas palavras mais lembrava um adolescente.

– Pena que isso não vai me levar a lugar nenhum. Eu cheguei até aqui à toa, pelo visto.

– Quem disse isso?

– O Concelho. Ele disse que, para virar uma ideia, uma palavra precisa atravessar um livro inteiro. Chegar ao último capítulo e...

– Olha, eu não conheço seu amigo Concelho, mas, se conselho fosse bom...

– Como assim?

– Você andou pelos contos do livro, não?

– Por todos. Até aqui, pelo menos.

— Qual você gostou mais?

— Hum, eu gostei muito daquele sobre o apontador de lápis. Será que é história real?

— Não importa. Qual mais?

— Ah, você leu o do gato?

— Do gato do mapa? Claro. Adorei.

— E aquele do giz? Nossa, superbonito. Parece ter mexido com coisas aqui dentro. Tem também aquele dos gansos. Achei engraçado.

— Percebe, Ezito? O livro nem chegou ao fim, mas essas histórias todas estão aí, vivas dentro de você.

— Minha nossa! Até a Tugafrida?

— E os trilhões de kleon que fugiram de seu planeta. Até a mensagem escondida que você mandou no conto sobre o marca-texto. Tudo isso são ideias, e todas estão vivas. Uma boa ideia não precisa chegar ao final de um livro para viver. Precisa apenas de alguém que a leia.

Ezito parou. Olhou para os lados. E então para cima.

— Caronte, então quer dizer que...

— A-hã. Você consegue sentir, não consegue? Ali, bem ali. Além do papel, da tinta, da tela. Dois olhos. Piscaram agora. Um sorriso de canto de boca.

— MINHA NOSSA, TEM ALGUÉM NOS LENDO?!

— Desde o começo desta história, Ezito.

— Não acredito!

— Se duvida, faça o teste.

— Mas Caronte, como vou... Já sei! EI, VOCÊ AÍ, DA RISADINHA. SE ESTÁ ME LENDO, PISQUE AGORA!

— Piscou?

— Acho que sim. Deixa eu ver. AGORA, FECHE O LIVRO!

Oi?

Tem alguém aí?

xx

— Uau. Ficou tudo escuro, você viu? — Ezito mal podia acreditar.
— Te falei.
— Então, eu estou...
— Você sempre esteve vivo, Ezito, desde que apareceu na primeira linha, do primeiro conto. Ideias vivem. Muitas vezes para sempre. Você não precisa estar aqui porque você já venceu.

Ezito então ouviu uma voz conhecida em meio a um trovão.
— Será mesmo?
— BEL?! O que está fazendo aqui?

xx

Bel estava diferente. Ela flutuava sobre o Rio Aqueronte, com o corpo envolto em pequenas descargas elétricas que se refletiam na superfície do rio dos mortos. Seus olhos brilhavam, como se ela estivesse imbuída pela fúria dos deuses e de todo o poder da criação.

— Eu devo admitir, fugitivo. Você me deu um trabalhão. Foi até o mago, falou com o autor do livro, moveu até mesmo os funcionários da editora! Surpreendente. Mas agora a brincadeira acabou.
— Bel, o livro já está quase no fim! Não há mais nada que você possa fazer!
— Eu não teria tanta certeza, fugitivo.

Bel estalou os dedos. De repente, todos os amigos de Ezito apareceram ali, flutuando ao seu lado, mas não da maneira que ele se lembrava:

~~Paço. Concerto. Concelho. Ruça. Esterno. Agente. Sela. Tacha. Coser. Hera. Apreçar. Estrato. Saldar. Cerrar. Xeque. Experto. Ora. Eminente. Insipiente. Assento. Senso. Sinto. Asso. Vazo.~~

— Meus amigos?! O que você fez com eles?! — gritou Ezito.
— Eu os risquei. Faço isso quando uma palavra deve ser cortada de um texto... para sempre.

— Não, Bel! Por favor, não os machuque!

— Você precisa entender, fugitivo. Durante toda a minha vida, eu corrigi os textos dos outros. Agi em silêncio, escondida, invisível. Você pega um grande livro, um clássico moderno, sem nem imaginar o quanto eu tive que trabalhar para que nenhuma palavrinha, nem a mais simples separação de sí-la-bas saísse com erro. E então, de repente, chega você. Uma palavra que sequer existe, escondida em um livro de contos, colocando em risco anos de trabalho árduo, dezenas, talvez centenas de empregos!

— Eu nunca quis prejudicar você, Bel!

— Imagino que não. Mas isso não muda o fato de que eu levo meu trabalho muito, muito a sério. Trabalho que consiste em ler com atenção. Entender o contexto. Desde que o mago me ensinou a entrar no livro, eu tenho pensado muito sobre isso. Quando fiz o truque de mudar a ordem dos capítulos, eu achei que conseguiria te pegar. Você se safou e conseguiu até me mandar para o Limbo. Mas aposto que não imaginava que eu tinha uma amiga lá...

— Amiga...?

Foi a vez de ~~Borracha~~ aparecer.

— ~~Borracha~~?! Como veio parar aqui? Do que ela está falando?

— Por favor, escute a Bel, Ezito.

— Ao revisitar meu passado, me lembro até hoje da sensação de poder, da soberba de apagar aquele "quê" com acento circunflexo. Pode parecer pouco para algumas pessoas, mas aquele foi o começo da minha história, e se não fosse por isso... eu não teria estudado tanto, não teria aprendido todas as regras, e não estaria aqui. Não é mesmo, Borracha?

Ezito notou que Borracha não estava mais riscada.

— Eu não entendo...

Bel continuou.

— Todos nós cometemos erros. Mas não são nossos erros que nos definem. São nossas escolhas. Por isso...

Bel estalou novamente os dedos. As linhas sobre os amigos de Ezito desapareceram.

Paço. Concerto. Concelho. Ruça. Esterno. Agente. Sela. Tacha. Coser. Hera. Apreçar. Estrato. Saldar. Cerrar. Xeque. Experto. Ora. Eminente. Insipiente. Assento. Senso. Sinto. Asso. Vazo.

– O quê...? – disse Paço, – Eu estou... livre?!

– Eu também! – comemorou Concerto.

– Nós estamos... em um livro de verdade?! – espantou-se Concelho.

Todos estavam. As palavras se olharam, se sentindo um pouco deslocadas ali, jogadas de supetão em um conto no final de um livro, mas estavam livres.

– Eu os risquei para que pudesse tirar todos vocês do Limbo e transportá-los para este novo contexto. Para que fossem livres e pudessem fazer parte desta história... ou de qualquer outra que desejarem. E quanto a você, fugitivo...

Um outro raio foi ouvido. E o mago Z apareceu.

– Você nos deixou muito orgulhosos! – disse o mago.

– Eu não acredito...! – Ezito se emocionou.

Bel ainda tinha uma surpresa guardada.

– Você me mostrou que eu também cometo erros. E que posso aprender com eles. Descobri que um grande profissional é aquele que deixa fluir sua sensibilidade, que respeita a diversidade. Por isso, eu lhe serei eternamente grata... Ezito.

Ezito não pôde deixar de reparar que aquela era a primeira vez que Bel não o chamava de "fugitivo", e sim pelo seu nome. A primeira sensação foi de orgulho, e logo ele se sentiu mais forte e vigoroso, como se estivesse em negrito.

– O que está acontecendo comigo? Eu me sinto incrível! – disse **Ezito**.

– Essa é a sensação de existir. Essa é a sua vida a partir de agora – disse Bel. – Eu vou falar com a Leila e com todos na editora, com a presidenta, com os presidentes, até mesmo com o nível X. Vou dizer a todos que o livro *Pequenos Objetos Mágicos* não tem erro algum. Que ele tem uma grande história de coragem e superação. E que o herói dessa história se chama **Ezito**.

Todos ali vibraram com as palavras de Bel: as palavras, o mago, a Borracha, até mesmo o barqueiro. A celebração começou, e aquela paisagem tão inóspita imediatamente se tornou um rio exuberante e cristalino, pelo qual se viam carpas nadando no fundo entre seixos delicadamente polidos por uma correnteza bondosa. Às margens, agora havia árvores frutíferas que davam alimento a pequenos animais silvestres, a temperatura era amena, o ar era fresco e as possibilidades no futuro eram brilhantes, ainda mais porque todos estavam dispostos a aprender, a perdoar e a crescer.

Quando o livro se fechou, não apenas Ezito continuou existindo no coração de todos os seus leitores, mas até mesmo as outras palavras ganharam uma nova vida. Paço foi parar numa placa. No teatro ali perto, foi anunciado um grande concerto. Concelho passou a fazer parte das discussões municipais. E aos poucos, como sempre acontece, a vida foi acontecendo, as histórias foram sendo escritas para, quem sabe um dia, se interligarem através de uma linha de trem que só aqueles com muita sensibilidade conseguem enxergar.

```
    Enquanto isso, na sede da Editora Melhoramentos,
chapéus e gravatas voavam para o alto enquanto
garrafas de champagne eram abertas e encharca-
vam computadores. Mas não importava, aquele era
um momento de festa. Seguranças, diagramadoras,
ilustradoras, editoras, todo mundo se abraçou. A
história se espalhou pela internet e virou até
hashtag, que fez com que os telefones da editora
voltassem a tocar freneticamente: todos queriam
saber mais sobre aquele novo livro. Mas havia um
problema: Bel ainda não havia saído.
    - O que vamos fazer, Leila? - perguntou Bia.
Será que a Bel…
    Leila resolveu dar uma última olhada naquele
manuscrito e nele encontrou uma conversa:
```

– O que vai fazer agora, Bel? – perguntou o mago.

– Hum, estou pensando em passar uns tempos por aqui, sabe? Este mundo está cheio de possibilidades. De transgressões naturais da língua, de variações linguísticas, de reflexões e liberdade. E depois... quem sabe?

– Esse é o legal da vida, Bel. A gente sabe como começa. Mas não sabe como termina.

Leila ligou para a gráfica. As bobinas gigantes começaram a rodar.